KB251487

새 우정을 찾으러 가볼게
박규현 시집

문학동네시인선 233 박규현

새 우정을 찾으러 가볼게

시인의 말

이 소름 끼치도록 이상한 세상을
정면으로 마주하려는 나에게

용감함이 무엇인지 알려주려고
용감함을 기꺼이 빌려준

소중하고 귀한
나의 친구들아

언제든 이곳에 다녀갈 수 있으며
언제든 이곳을 잊어도 좋다

2025년 6월
박규현

차례

5장 한 세기의 용감함이 눈을 부라리고 있다

추신,

1장

쓰러질 준비를 한다 이동할 차례이다

되얼음

공동묘지로 눈 구경을 갔다 작고 흰 언덕들이 촘촘하게 빛났다 친구가 비석을 닦으면서 말했다 잘 견뎠어 나는 신발을 털었다 축축해

멀리 바다가 보였다 바다에 빠지지 말자 바다에 지지 말자 살자 두 손을 모은 채 고개를 숙였는데

이미 죽고 없는 사람이 나오는 드라마 보는 거 앨범 펼치는 거 다 그만두고 싶었다

카약을 탄 채 환하게 올라간 입꼬리나
전구를 갈아 끼우다 찌푸린 미간
다시 데려오고 싶어지니까

사랑하는 일을 기다려
사랑은 언제나 대유행

웅크리고 앉은 친구가 더 웅크리기 전에 형편을 위해서라도 우리는 우리를 제일 좋아하기로 했다 마른땅만 골라 밟기로 마음먹었다

친구의 신발이 새것이라 친구가 눈에 더 잘 띄었다 이곳은 원래 비가 자주 오는 지역이고

그때부터 나는 아름다움을 믿었던 것도 같다 이튿날 아침
의 기지개를 기대했던 것도

애프터서비스

공사는 오늘 아침부터 시작된다 녹물이 나오지 않도록 배수관을 새것으로 바꾸어야 하고

어제저녁부터 친구는 계란과 감자를 삶는 중이다 수증기에 가려 친구의 얼굴은 안 보이는데

내 낯이 따듯해져간다

화장실 청소라도 해야지 수전에 조금의 물기

남지 않을 때까지

사라지기 직전까지 친구는 끓는 물 앞에 서서 냄비를 지켜보고 있다 그것들 한입에 씹어 삼킬 수 있게

다 으깨버리게

부드럽게 짓이길 수 있었다면 좋았을 텐데 친구가 안 괴롭게 그만 머리카락을 쥐어뜯게 온종일 불 앞에 서 있지 않게 그럴 수 있었다면

친구의 얼굴 똑바로 마주보지 않고

수리공들 기다린다
잠금쇠 걸지 않는다

공사가 마무리되어야 친구는 계란과 감자를 먹기 시작할
것이다 조리대 위에는 친구가 벗겨낸 껍질이 쌓여갈 것이
다 그걸 지켜보는

내 목은
메게 될 것이다

아침이 되기까지는 아무래도 시간이 필요하다 물방울 떨
어지는 소리 집안에 계속 울릴 때까지는 이곳에 그 소리만
남게 될 때까지는

진열대에서 하나만 고를 수 있다면

　　모서리를 만들고 싶어 모서리에게 경의를 표하면서
　　모서리에게는 모서리의 일을 주고 싶어

　　호리병 된다 칼창으로 된 호리병 입술 여닫히는 감각을 잃
어버려 입구만 남은 호리병 사람들이 넣어둔 모금 동전을
쏟아내며 우르르 슬퍼하는 호리병 처방받은 걸 기다리는 동
안에 어떠한 사건이 일어나기를 바라다보니 그렇게 된 거다
전시되고 구경되기

　　호리병 된 나를 보러 친구가 방문한다
　　친구는 날 선 면 없는 나를 보면서 소곤거리는데

　　나는 떠올린다 잘 닦인 대리석 바닥에 호리병 여러 개 내
던지는 친구를
　　그려본다 깨진 조각들을 이어붙이며 원래의 모양 기억하
는 친구를

　　깜박하기 미워하기 먼저 아름답다고 말하는 사람이 지는
게임 하기 실수하기 식은땀 흘리며 울부짖는 친구를 보는
나와 오리병 된 나를 보는

　　친구와 손깍지 낀 이후에는 손가락과 손가락이 엉켰다가
풀린 이후에는 나를 두고 친구가 나간 이후에는 그 이후에

친구는 사람과 있고 싶어질 것이다

  친구가 나를 그러쥐는 순간에는
  오스르하게 남아 따뜻해질 것이다

  약국은 실내가 훤히 들여다보인다 여과 없이 햇빛이 들이
닥쳐 영양제 상자에 쌓인 먼지 위로도 볕은 흐른다 구석의
구석까지 가닿는다

  나는 말할 수 없게 된다 여전히 너는 화가 나 있구나
  친구에 대해 다 알 수 없음을 알게 된다

  시든 꽃 꽂힌 호리병
  그 밑으로 그림자 날카롭게 자라고 있을 뿐

가까운 사람

그림자 없는 사람들의 이야기가 공연된다 해서 친구랑 나는 연극 거리에서 만나기로 약속했다 새끼손가락도 걸었는데

다 옛일이다
엄지 잃어버린 뒤

소용없는 햇물
소용없는 빗밑

말했잖아 멋질 것 같다고
친구는 빗기운 있는 소극장엔 처음 와본다 손뼉 칠 것이다 그 옆에 앉아 우의를 들고 있다가 친구에게 건네줄 것이다 이건 내일 일어날 수도 다음주에 일어날 수도 죽고 나서야 일어날 수도 있는 일

몇 차례고 읽어본 팸플릿
물에 젖어 우글거리던 초상사진
손끝으로 쓰다듬으면 닳아 없어지던

친구의
이름 뭐였지?

친구의 이름을 찾으려고 나는 객석 의자 아래 대기실과 세트장 구석구석을 다 뒤져보고 어질러진 것을 모조리 청소했다 친구를 불러야 하니까
먼지 한 톨 없이 빛나게
준비했는데

이야기는 친구를 기다려주지 않고 시작된다

출연하는 배우들의 발밑에는 아무것도 드리워지지 않습니다 우중 속에서 진행될 공연을 주의깊게 관람 부탁드립니다

친구가 등장하지 않기를 선택할 걸
나는 이미 알았다
세상에 마음 써야 하는 곳이 너무 많으니까

힘들지
친구는 말할지도 모른다 네 혓바닥 밑에 있는 이름을 믿어 천천히 굴려 발음해봐
그러면

우리에게로 향하는 그림자가 생길 거라고
계단 통로 사이로 와르르 굴러가는 먼지 뭉치 보이냐고

치워야 할 거
여전히 남았다고

선영(線影)

왜 그대로인 거야 방문 열자 여전하다 친구는 베란다 창
가까이 서 있다 바깥을 내다보는 자세를 하고 있다 올곧은
등이 보인다 얼마간 친구를 대신하여 현관문을 열어주고 승
강기 버튼을 눌러주거나 이따금 비상구 계단의 위치를 일러
주었지만 친구는 아무런 반응이 없었다 일과를 마치고 돌아
온 후에도 잠을 자고 일어난 뒤에도 친구는 움직이지 않았
다 친구가 이 집의 먼지를 다 마셔버릴까봐 청소했다 휴일
에도 침대 밖으로 나가 친구를 살폈다 더위나 습기에 지쳐
쓰러질 상황을 대비해 약을 종류별로 구비해뒀다 친구가 배
고플 수도 있으니까 늘 넉넉히 음식을 준비해두고서 친구를
기다렸다 베란다에서 벗어나 부엌 식탁에 마주앉게 되기를
소원했다 물컵에 담아둔 각얼음이 다 녹아가는 동안에도 친
구는 뒷모습만 남아 있었다 그러나 하나로 묶어 올린 머리
카락 아래로 보이는 뒷목과 반듯한 양어깨와 날카로운 팔꿈
치는 친구였다 알고 있어 네가 가만히 있어도 미래는 생겨
난다 밥그릇에 숟가락을 찔러넣어도 죽는 일은 없다 친구가
뒤도는 순간 목격하게 될 얼굴 우리로 남을 수 있다면 슬프
지 않겠지 다만 더 나빠질 뿐

마침내 은유가 아니게 될 때

한밤이다 왕릉 앞 벤치에 앉아 있다 내가 저곳에 묻히게
되리란 것을 직감한다 나는 거의

틀린 적 없다 오늘만 해도 꿈에서 꿈인 것을 알았다 꿈에
서 친구가 옷깃을 여미며 도망쳤다 감쪽같이

그 누구의 무덤도 아니라면? 그렇게 믿고 있을 뿐이라
면? 그들이

관을 들 때 나는 그 뒤를 따라야 했다 나에게도 친구를 들
수 있는 힘이 있었다 그랬지 있지

안내 푯말을 읽는다 올 라 가 지 마 시 오 속으로 한 글자
씩 따라서

친구의 이름을 새겨놓고 묻어두고 파헤치고 그러다보면
내가 웅크리고 있고 그럼에도 불구하고

기억하려 한다 빛의 각도를 비스듬함을 햇무리의 속도를
친구들을 그로 인한 재난을 수먹을 펼쳐 보면

손금은 연하게 이어져 있다 오래 살게 된다 다들 나의 묫
자리 근처를 산책하게 된다

멀리서 꼬마들이 칭얼거린다 그런 소리를 내고 싶었다

세답장

손세탁하라고 적혀 있어
모르는 척하지 않고

그렇게 한다 이건 누구의 셔츠였더라? 그렇게 무르는 관
계도 있는 거라고 그렇게 감도는 사이도 그렇게

얼룩마다
비눗물을 칠한다
옷감이 상하지 않도록 하는 일이

중요했다 손가락 끝에 스치는 면의 질감은 때로 부드럽고
때로 어색해 이따금 멀미가 쏟아질 것도 같았으나

망가지면 안 돼
누군가 말하는 소리에 깼는데

일어나 몸을 일으키면 누워 있던 자리가 서늘했다
같이 있었잖아 그런데
이마를 짚어주는 건

나뿐이어서

마음을 나눈다는 게

남아 있는 자국이라는 게

귀해지는 순간이 있다
진심을 몰아붙이다

쏟아버렸다
대야에 받아놓았던 물

세탁은 미지근한 물로 해야 한다
이것은 아는 사실이다

의문스러워
또 의심할 수밖에 없으나

사람을 대하는 일을 게을리하고 있었다
사랑한다고 말하게 될 때까지

선생님에게는 어떤 질문이 있었는지요

안 쓰고 살면 안 되니 보편적으로 지내볼 순 없겠어

호수는 공원의 중심이라 어디에 있어도 눈에 띈다 빌린 자전거는 반납까지 한 시간도 더 남아 있고

정자에 앉아 있을 뿐이다 멀리 내다보고 싶어질 따름이다 솔직히 말해

끝장날 때까지

이 도시에 폭격이 가해진다면 어떻게 될까 끝없는 공습이 이어지지만 아무도 죽거나 다치지 않는

그런 세계도 시작될 수 있을까 쓸 수 있을까

자전거 타는 어린이와 그 자전거를 붙들어주는 어른이 있다 그들은 사이좋아 보인다 때로 저런 장면을 품은 적 있었지

선생님에게는 어떤 선생님이 있었는지요 묻지 않았지만

공원 곳곳에 꽂힌 팻말이 눈에 띈다 이것은 살아 있는 식물입니다 살아 있는

질문이었다 답을 알게 될 때까지는 오랜 시간이 필요할
것이다 넘어진 자전거는 일으켜세워야 한다 나의 것이 아
니므로

　가속 구간에서 페달 위 발을 떼고 나면
　나의 것이 될
　그 순간에

　쓰러질 준비를 한다 이동할 차례이다

2장

가장 환한 곳으로 가자

아오타다라

수석으로 가득한 정원이었다 그곳에서 돌 닦는 일을 했다

돌을 옮기다
돌의 무게가
돌의 전부라는 걸 알아버렸을 때

그곳을 벗어날 수 없게 되었다

사람들은 정원을 보기 위해 모여들었다 가이드라인을 따라 줄을 섰다 기념품 가게에 있는 모든 돌은 진짜였으므로 인기가 좋았다 돌은 부족하지 않았다

돌은 깨져도 계속 돌일 수 있었고 그렇게
늘어나는 돌들을
마음을

침착함을

고여 있는 이미지를
떠올렸다 둘러싸여 구경당하고 있는

내가 있었다 돌을 들어올려 돌이 있던 자리에 있었을 뿐
인데

오해되었다 살아 있는 돌이다 신화가 되었다 다들 나를 주
목하면서도 내가 말할 줄 안다는 사실에 박수 치면서도 그
누구도 진짜 나를 사 갈 수는 없었다

넘어져도 나눠지 않는
돌무덤에게도 드리워지는 것이 있단다

영리해서 위험함
가까이 가지 마시오

무엇을 가로지르려고 이 시간에 던져졌을까

자갈밭
우글거린다

둘러보자면 온통 인간밖에 없었다

아오타다라

팽팽하고 튼튼한
이것은 밧줄

아니다
하나로 땋은 머리카락이다 꼼꼼하게 절대 끊어질 일 없게
뿔뿔이 흩어지지 않게
한데 모인 사람들의 것
주인공들의

횃불은 밝고 길고 횃불
보는 나를 보듯이 횃불은
지독하고 싸늘하고

내가 가장 아끼는 비디오테이프에 녹화된 이들은
명랑해서 하고 싶은 말을 안 참아서 사탄으로 몰려서 지
하에 갇혀서 주먹 꽉 쥐어서 튀어나오는 중지의 뼈에 힘을
실어서 천장을 깨부수어서 이야기의 끝에서

터득하는 게 있다
맨바닥에서 올라오는 냉기 피하는 법 목청껏 큰소리 내는
요령 발언을 경청하는 방식 돌림노래의 가락과 가사

잇몸만 남을 때까지 이를 닦고 퉁퉁 부은 영구치 같은 탐

폰을 빼내고 질에 대해 질리도록 질문하고 아주 조금씩 배
어나오는 핏자국 쳐다보고 늑대개가 되어 울고
　곡기를 끊을 때까지

　누구들인가 듣고 있지요?
　무슨 일이 벌어지는지 알고 계시지요? 이해하려는 노력
이라는 걸 좀

　해보자면
　매듭지어보자면

　나는 광장에 있었다 그곳에서
　내 머리카락과 옆에 앉은 사람의 머리카락을 하나로 땋아
묶었다 얼마나 질긴지
　얼마나 끈끈한지
　발견하는 순간에야 기운이 생겨날 것을 알아

　내가 가장 아끼던
　누구도 돌려 보지 않게 된
　비디오테이프를 재생해보자면

아오타다라

정전이 일어난 뒤 환해지자
펼쳐진 밀밭

멀리서 한 노파가 동상을 닦는 중이다 이곳이 어디인지 묻기 위해 그에게 다가가면서

하늘을 대지를 바람을 만끽한다
햇볕이 구름 바깥으로 빠져나오는 순간마다
노파가 닦는 동상에 빛이 반사되고

그와 가까워질 즈음 나는 마른기침으로 인기척을 낸다 우리는 뺨을 부비며 인사를 나누고
처음엔 보이지 않던 오두막으로 초대되어 차 한잔을 대접받는다

노파는 오랜만에 산 사람을 만나니 신이 난다며 콧노래를 부르고 이야기를 늘어놓기 시작한다 이 농원에서 지내게 되면 유령 된 자 가운데 한 명을 불러낼 수 있고 그 유령을 동상으로 만들 수 있는 재주가 생긴다는 이야기

나는 단 한 사람 삼작년 스스로 유령의 길을 택한 친구 떠올린다 유령 있음을 증명해 보이겠다며 홀연히 떠남에 있어 다들 혀를 찼으나

그것은 그의 용기였다

당신은 누구를 불렀습니까? 내가 묻고 노파는 웃어 보인
다
동상은 동상일 뿐이지요

그렇지
안팎으로 스치는 영혼 따위 있을 리가 없지
찻잔에 담긴 홍차가 울렁거린다

이와 같은 사건은 내 인생에 처음 있는 일
실내를 둘러본다 소박하고

너무 좁다
밀밭을 빠져나갈 방도를 알려달라고 말하기 전에 내다본
창문 너머

동상의 뒷모습이 고단하다
이럴 때일수록 친절해져야 한다
입을 연다

아오타다라

바닥이 있긴 할까 싶어 조약돌을 던져보았다 이 호수를 둘러보기 위하여 대륙을 횡단했다 백 년 전 누군가 홀로 만들어낸 것 한평생 땅을 파내고 물을 길어 지친 몸을 물속에 던졌다고

다가가지 마세요 친구는 경고 문구를 소리 내어 읽었다 다가오지 말라는 말 같다 소리 내어 웃었다 이곳에 방문했던 사람들은 주머니 속에 돌멩이를 가득 채운 채 서서히 잠기게 되었대 친구가 해주는 옛이야기를 소리 내어 따라 했다

우리가 내다보는 경치는 무덤인 거야 비석을 세울 수 없는 묘지인 거야 모두들 환한 얼굴을 한 채 사진을 찍었다 삼각대를 세워 포즈를 취했다

내가 던진 돌에 맞은 한 사람이 물가에서 걸어나온다 해도 우리에게 인사를 해준다 해도 붙어서봐 기념 촬영을 해준다 해도 그게 그에게 남은 생의 전부라 해도

숙소로 돌아와 외투를 벗어 걸어두었을 때 신었던 신발을 실내화로 갈아 신었을 때 와하하 쏟아지던 작은 자갈들 친구를 불러 이것 좀 봐 나는 어쩌면 물에 들어갔다 나온 게 아닐까 말했을 때

내 앞에 선 친구의 발밑으로 물자국이 이어진 것을 모른 척했다 그림자도 없이 오래도록 축축한 것을 친구가 웃어 보이는 순간 반짝인 치아를

아오타다라

　피곤하고 지겨운 건 그만두자 그래 그러자 잔디밭을 구르고 있었다 인간은 구르는 동물이 되어 세상 언덕들은 사랑받게 되었다 걷지 않으니까 넘어진다 해도 알아채는 이 없었고 굴러떨어지는 장면은 일상이 되었다

　교양 있는 시민들아 그래도 손과 발은 늘 따뜻하게 두세요 지쳐 잠들어 있을 때 도적에게 베이고 싶지 않다면……신문을 읽다 말고 친구는 페트병째로 물을 들이켜기 시작한다 턱을 지나 목선 타고 흐르는 물방울은

　미끄러지다 흐르다 엎질러지다 넘치다 굴러버릴 우리 같아 식물을 망하게 하면서 어떻게든 기르고 싶어하는 마음 같아 뼈를 닮았다는 풀을 찾아다니느니 손가락을 잘라다 심어두는 게 빠르겠다고 생각하던

　시절에 대한 이야기를 들려줄래 도시가 간결하게 무너지고 높은 건물이 하나둘 삭제되어가던 시기에 사람들이 살려달라고 애원하던 순간 나타난 어느 노인이 있었대 외출을 준비하는 동안에 들려오는 친구의 목소리 꼭 영웅의 것이었는데

　친구는 모를 것이다 근린공원까지 함께 가며 우리 이미 산책하고 있음을 두 손을 가슴께에 반듯이 올린 사람들이 누

운 자리 위에서 우리 살아감을 우리 거쳐온 언덕들 죄다 그
러함을 친구는 모르는 채 중얼거린다 비 올 것 같다고 그런
냄새가 난다고

아오타다라

믿어 그러면
성큼성큼 걸어나가는 그림자가 있을 것이다

친구는 정글짐 꼭대기에 매달린 채 꿈을 꾼다 귀찮고 하찮고 시원찮은 꿈 납작하지 않은 꿈 말라빠지지 않는 꿈 그러니까
이 놀이터 모래밭에서 썩어가고 있는 뭔가가 뭔가인지에 대해서 나는 안 말하는 게

좋다
냉장고에서 곰팡이 슨 천혜향을 쥐어보았을 때 무엇인가 내 손바닥에 옮아 붙는 기분이 들던 순간처럼 잠깐
느끼고 잊어버리기
친구의 이마는 차고 물렁하다는 사실부터
아래서 올려다본 친구의 맨발이 창백하다는 발견까지

나는 열심히 기다릴 뿐이다 친구가 내려오기를
이다음에는 친구에게로 향하는 내가

능나무 벤치에 나란히 앉으면
발치로부터 맹랑하게 뻗어나가는

나이든 얼굴을 한 우리가

페인트칠 벗겨진 곳을 만져 손금 모양 따라 상처 생긴다
해도 살아 있는 사람을 찾아보려 우리를 지켜본 모든 거리
를 떠돈다 해도

　한 줌뿐인
　모래 알갱이일 뿐인

　죄다 상해버릴 평화
　그때부터 단호해지게 될

　나
　오늘도 냉장고 돌아가는 소리로 잠 설쳤으나
　그렇게 확인하고야 마는 뭔가에
　고개 돌리지 않았다
　바로 볼 수 있었다

아오타다라

유명한 초원이다 좌우를 둘러보자

들먼지로 눈앞이 뿌예지고 나 혼자
친구를 줍느라 바쁘다 배낭을 떨어뜨려
친구가 여기저기 쏟아졌으므로

나는 친구를 수습한다
친구는 나로 인해 정돈되어간다

이해라는 말 들어본 적 있니 그런 질문 들을 때마다 마음
이 멀리 가버린다
　절룩이게 된다 거기서부터 대낮은 이어졌다 친구의 얼굴
들어올려 품에 안은 채

　어느 강물에 휩쓸려왔던 친구를 떠올렸다 친구는 떠올랐
다 친구를 건져냈던 그날

　생각했다 가장 환한 곳으로 가자 제일 트인 데로 안전한
장소로

　친구와 나들이 온 것이라면

　친구랑 나랑은 사랑하는 일을 기다릴 수 있었다 미래를

그려볼 수 있었다 커피점에서 준 티슈 뒷면 또는
아직 싱그러운 나뭇잎 뒷면마다

낙서를 하자
스케치를 해

형편없는 구석이 있다 해도
우리는 우리인 게 좋아

양지바른 자리에 친구를 천천히 뉘일 수 있을 것이다 고
개 들어 모두의 얼굴을 찬찬히 살핀다

다들 돗자리 들고서
함께 누울 자리를 찾고 있다

아오타다라

우리는 좀더 남아 있기로 한다

경고 표지판 꼼꼼히 읽어보려고 기대지 말라면 기대려고
들어가선 안 된다면 들어가보려고 친구와 내가 도둑맞은 것
들 찾으려고

대체 누가 훔쳐간 것입니까?
분노 몽땅 사라져

공중화장실 뒤편에 버려진 담배꽁초 줍기 쓰레기통 뒤엎
어 분리수거하기 망가진 길고양이 집 다시 세우기
그냥 계속 뭔가를 해보기
해치우기 치워버리기 소각하기 땅 파기 구덩이 안으로 들
어가기 새 옷으로 갈아입기 새 이불 덮기 가만히 눕기 편
안하기

친구의 얼굴 올려다볼 때
그 얼굴 내가 아는 얼굴 아닐 때

누구세요'?
내 입안으로 생쌀 채워넣는 사람
믿기 어려운 이야기 같겠지만

나는 살아 있다 지금은
적어도 그렇다

흙을 턴다 몸을 일으킨다 신발끈 고쳐 묶는다 공원의 바
깥을 향해 내달린다
정강이 저릿해지도록 명치 뻐근해지도록 숨 가빠지도록

빠른 걸음이
경쾌한 걸음으로 보이도록

움직이다보면 죽고 싶지가 않다
죽을 자리 찾아 헤매는 일에 지쳐서

선풍기 틀어놓은 채 수박을 베어먹고 싶다 한참 썹다보면
고소한 맛이 나는 씨앗과 쟁반에 쌓여가는 껍질과
끈적거리는 손가락 사이
사이를 찬물로 헹구는 개운함이

생생해질 때
마주앉았던 우리의 얼굴이 닳았을 때
다 닳아버렸을 때

지하철 플랫폼이었다

귀가하는 사람들로 가득했다 다들 나를 밀치며 지나갔고
바빴고 정신없었고 나는 너무 거슬렸는데

운동화 안쪽에 굴러다니는 흙 알갱이 하나
신발을 벗어 뒤집자
굴러떨어지던 그것

내가 잃어버렸던
뾰족하고 불편하던 그것은

3장

나를 껴안은 친구를 껴안아

개체 보호

이것은 컨버터가 될 것이다 때로는 버터나이프가 유리잔이 뜨개 양말 아니면 필라멘트가 되어버리는

이것······

모자 속에 들어갔다 나오면 다른 물질이 되었다 앉을 수도 서 있을 수도 펜을 쥔 채 글자 쓰거나 비명 지를 수도 없는 이것은

조수석에 실린 채 고속도로 달렸던 날
라디오에서 캐럴 나왔을 때
보았다 케이크만한 불, 환하고 뜨거운

초가 꽂히는 장면을 조립해본다
눈앞에 일렁거리는 축하와 박수갈채 통과하고 나면

아무도 남지 않는
휘파람 불기 위해 입술 오므리지 않는

이것은 이것을 꺼내기 위해 다가오는 손가락에

건강하고
따뜻한 잇자국을 만들어낼 준비가 됐다

이전 생애부터 줄곧 희망해왔으므로 이제는
그렇게 되어도 좋다

두고 온 것

상상한다 스티로폼 박스 안에 눌려 있던 딸기를
꼭 맞는 관 안에 누운 나를

그렇게나 춥니? 차 트렁크에서 딸기 한 박스를 꺼낸다 이
딸기는 찬물에 씻겨 채반에 놓일 예정이다 싱크대 앞에 선
나를

없던 일을 현재형으로 만드는 건 불가능해
과육만 남을 때까지 헹구기
잇몸처럼

빛 받아 반짝이는 순간을 위해
이쑤시개로 씨앗을 하나하나 뺀다
이렇게 많은 재탄생을 껴입다니

사람들에게 둘러싸여 초에 불붙이고 불 끄고 환대받던 나
날들 분명히 한가운데 앉아 있었다 치아들이 해맑던, 그 둥
근 테이블 모서리

매끄러운 곡선을 손바닥으로 짚고 몸을 기울여 케이크 앞
에 얼굴을 가까이 댈 때

낯 뜨거웠다

모든 축하 인사
누군가 칭찬했다 내가 글씨 쓸 줄 안다는 거
화내는 법 모르지 않는다는 거

나는 숨은 절벽을 느꼈다
낭떠러지를
낭떠러지
낭떠러지

딸기 하나가 내 손을 떠나 바닥을 구른다 던진 것도 아닌
데 놓치지도 않았는데

그렇게 되면 터질 것이고
터지게 되면

딸기 꼭지를 딴다 그래야 한다
배워왔으므로

주차장으로 돌아가자
트렁크 안에 웅크린 내가 있어
눈 마주친다 잘 있었니?

나와 평생 보낼 유리

이제 너도 그럴 나이가 되었지
그렇다면

유리 탄생 위한 성분을 공부하고 유리 잘 보존할 수 있는
방법을 암기하고 유리 씻기는 법 먹이는 법 온갖 자료 뒤적
이고 오로지 유리 떠올리며 나만의

유리를 데리고 쇼핑몰로 나들이 나온 사람들
꽤 많구나 저마다 품안에 유리를 안고 있다 누빔 원단으
로 감싸안거나 한번 쓰다듬은 유리에 생긴 지문을 닦아내
느라 바쁘다
빛을 받을 때마다 번뜩이는 유리가 있는가 하면 움푹한 아
랫면에 물을 담고 철렁이는 유리도 있다 유리, 유리투성이
를 보자니 벌써 나의 유리가

끔찍하다
끔찍이도 사랑스럽다
나의 유리는 어떨까 얼마나 찬란할까 오목하고 넓적한 접
시일까 깊고 반듯하면서도 곡선을 가진 잔일까 햇살 받아서
웃음 터뜨리는 선캐처일까 상상의 끝에서
알 것도 같다 모두가 유리 애지중지하는 이유를 어째서 전
력으로 헌신하는지를 모를 수가 없다

쇠파이프에 뜨거운 유리 꽂아 넣는다 이것은 유리답기 이전의 유리 말랑거려 보여도 차마 손댈 수 없는 유리

파이프에 입술을 갖다댄 찰나, 열기가 끼쳐온다 숨을 불어넣는 순간에 망가지는 기도와 저지르는 실수와

유리 식어가는 동안 그 앞에서 고민을 시작한다 내 호흡이 들어가는 바람에 엉망진창인 유리가 되어버리면 너무 무른 구석이 생긴다면 지나친 사나움으로 한없이 늘어져버린다면

나로 인해 생겨난 유리를 그러쥔다 이것은 화병이 아니다 컵도 아니다 그릇도 모빌도 아니다 이것은 그 어딘가에 걸쳐 있는 쓸모를 찾기 힘든 무엇 모서리의 한쪽 면이 날카로워 베일지도 모를

벨 수도 있을
반짝거림
가능하다면 유리와 함께

귀가한다 유리는 혼자 돌아다닐 수 없다 침대에 눕거나 식탁 앞에 앉을 수 없다 거실에 누워 창으로 투과되는 정오의 빛을 만끽할 수 없다 늘 나를 찾는 유리 나뿐인 유리 나

— 를 위한

집이었는데

유리가 있음으로 집이라는 걸 믿기 어려워진다 정말로 나의 집인지 모르겠어

유리는 투정 부린다 이리저리 뒤척인다 내가 붙들지 않는다면 그렇게 되면…… 하루에도 수차례 나직이 중얼거린다 유리 유기하는 일 불법 아니며 윤리적으로 문제될 것 없으며 그저 잊고 새 유리 만들면 그만이며

유리는 깨어져 유리는 소복이 쌓여

도리어 힘이 나는 거지

처음부터 다시 시작할 수 있는 거지

매서운 면을 가진 유리 감싼다

신문지 겹겹이 두른다

망치를 가져와 오른팔 들어올린다

이토록 쉬워도 되는 거냐고 말 건넨다

너는 내가 처음 손댄 녀석이구나 너는 형광등 빛 아래서 유독 생생하던 부분이구나 무수해진 유리

흩어져 있다 거세고

힘차게

기일날씨맑음

우물 안을 들여다봐 여기에도 사람이 있다고

이런 시시한 이야기를 하면서 발끝에 치이는 조약돌을 주워 주머니에 슬그머니 넣는다 이런 식으로 매일을 간직해왔다 친구는 앞서 걸어가며 열심히 주위를 둘러보고 있다 이곳은 이국의 고궁으로 식민지 시절 왕족이 임시 거주하던 곳이라는 점에서 익숙한 느낌이 든다 이 나라 사람들은 우리가 한국인이라는 이유로 친절을 베푼다 왜일까? 식당에서 나온 서비스를 받고 내가 중얼거렸을 때 친구는 웃었다 전통시장에 갔을 때도 여기저기서 코리아! 라며 인사를 건넸다 그때마다 난 머쓱히 서서 관광지가 프린트된 머그잔을 들었다 놨다 했을 뿐이었다 친구는 오디오 가이드를 듣는 중이다 유리창 너머 실내는 몹시 안락하게 정돈되어 있다 이전 세기에 사용되었을 찻잔과 식기류 그리고 가구를 차례로 지나친다 손대지 마시오 친구가 말한 적 있지 전철을 타면 그런 문구를 써붙인 채 다니고 싶다고 우리는 물건이 아니다 그러나 누군가 우리를 가리키며 저기에도 사람이 있다고

보라고 친구가 나를 부른다 귀한 것이 있다고 살면서 이런 건 다시 볼 수 없을 거라며 환하게 이를 드러낸다 스스럼없이 친구가 있는 쪽으로 걸음을 옮긴다 남아 있는 쪽으로

빛과 빚

대숲을 상상했다
그곳의 식물에게도 먼지가 쌓인다면

빛이 가라앉는다면

등유 향이 나는 책방을 알게 될 것 같다
목수가 버려진 책을 모아두는 곳

거기 있는 책장은 모두 그가 손수 짰다 전해들어서
나무의 일을 하는 사람이 되고 싶다가
나무를 하고 싶어질 것이다

그때 기름 난로 옆에 쭈그려앉아
여행지에서 낙오된 얼굴을 한 사람 만난다면
그가 오래전 나를 좇던 이라면

그는 내가 데리고 산 적 있는 사람
그는 어린 나였다 다 자라지 않은 나 앳된 나 철없는 나 무
례하기 짝이 없는 나

그런 곳에서 마주치는 순간에는 웃으며 포옹할 수 있을지
도 모르지 알지

그렇지
대숲을 상상하자

포클레인 탄 인부들이 산을 헐어버린다

마음은 와해되어

오해되어

꿈에 늘 내가 나오고
헌책방에서 산 시집은 펼쳐지고 사랑하는 작가의 초판본
책날개 여는 순간

활자처럼 웅크리고 있는 식물의 목수에게 말 건넨다

당신은 해치는 사람입니까 그러모으는 쪽입니까 그러면
목수는 나에게 묻고 싶어지겠지 똑같은 것을

말해주지 않을 것이다
듣지 않을 것이다

지속되는 어떻게

1
남산을 떠돌다 어제의 내가 실종된다 해도
오늘의 나는 매일과 같이
변기 앞에 앉아 토하고 스스로를 불쌍하다 여기고

허물어진다 테이블은 흰 비닐로 덮여 있다 장례는 계속된
다 친구들 이곳에 남아 있을 거란 해석은

이어지는 중이다
살아서
비록 이 선언은 외로울 것이나

멀쩡한 것을 싹 다 쓸어버린 뒤
가름끈처럼 흘러내리는
부끄러움

차례를 기다리다가
켜켜이 쌓이다가

뉘십히고야 마는 나를
어떻게 좀 해주라
내 등을 토닥이며 친구들 속삭인다

네 주위엔 좋은 사람이 많구나 네가 좋은 사람이라서

썩지 않는 영원으로부터
빚지고야 마는 태도
너그러이 넘어가줄 거지?
뒤집힌 사람 정도야

2
지나간 일력들을 물에 띄워보겠니
어느 것이 가장 먼저 가라앉는지 보면 그날에 무엇인가를
도모했다는 걸 알 수 있단다
들짐승의 송곳니를 뽑아달라는 부탁에 누군가는 쓰다듬
을 수도 있겠지 승냥이를

그러나 무리해선 안 된다 그들은 쉽게 죽는다 덧붙이겠지
쓰러진 이의 눈썹을 어루만질 때마다
놀랄 수밖에 없었다 이렇게 되어서도 표정을 짓고 있다니

이곳에서도 서서히 늙어갈 수 있음을 알아줄 때까지
점잖게 있을 것이다 날이 선 것을 양손에 쥐고 있다 오래
버티는 거 해야 한다는 거 여전히
피가 돈다

자연사 박물관

다녀오고야 말았다 오름에서부터 해안까지 섬 한 바퀴를 도는 동안에 몇 번이고 지나쳤던 거기

모두가 인증 사진을 찍느라 정신없다고 일행은 호들갑을 떨며 이야기했다 주차장을 몇 바퀴나 돈 끝에 간신히 차를 댈 수 있었고

입장하자마자

탄성이 나왔다 유리창 너머에 전시된 사람들 그들은 죽기 직전 모습 그대로였다 누군가는

침대에 누워 양손을 포개어 가슴 위에 올려둔 상태였고 다른 누군가는 식탁에 앉아 자기 어깨에 고개를 기대고 있었다

일행과 나는 한 줄로 서서 천천히 그들의 자세를 관람했다 쉼없이

폭력이 난무한 세상에 이러한 고요와 평화라는 것이

춥다

코끝이 찡하다

그게 전부였다 우리는 곧 지루해졌다 움직이지 않는 사람을 구경한다는 건 생각보다 시시했다 그들은 판매 상품이 아니었으며 갈수록 큐레이션마저 허술하게 느껴졌다

그곳에 다녀왔음을 남길 수 있는 자리는 딱 한 군데뿐이었다 출구 벽면에 프린트된 글귀 앞

서로를 원 없이 찍어주고 싶었지만 우리 뒤로 이어지는 행렬 탓에 그럴 수 없었다

훗날 휴대폰 앨범을 정리하다 발견한 사진 속에서 문구는 너무 작아 거의 보이지도 않았다 우리들 얼굴은 초점이 맞지 않아 흐릿했다

우리는 서울 가는 비행기 안에서 속닥였다 그 사람들 다 마네킹이나 모형이었을지도 몰라 자연사라는 게

가능하다는 게

나는 빌었다 무엇을 소원했는지는

일기에도 안 썼다 다만 그날 이후로

자기 전마다 몇 차례에 걸쳐 씻었고 얼굴근육에 긴장을 풀어

헤치며

들판 가로질러 달리는 꿈을 꿨다 그곳에서 영원을 보내고 싶었다 영원 속에서 살며

매일 아침 식빵이 퍽퍽해

눈물 훔치는 척했다

저 사람들

그네밖에 없는 놀이공원이었습니다 얼마나 높은 나무에
그네가 있는지에 따라 사람들은 비명 지르거나 웃었습니다

그는 그의 일행과 타고 싶은 그네를 순서대로 골라보았
는데요 어느 그네가 사진 찍기에 가장 좋을지 궁리하면서

풍경은 일목요연하고
지평선은 꼭 다문 입술처럼 정직해

관광지란 참 좋다 돈은 멋지다 일행과 그는 아름다운 한
장면을 남기기 위해 몇 차례고 그네를 탔습니다

더운 바람
목덜미 스칠 때

불쾌해
식당에서 밥 적게 주는 일 크리스마스 나이라고 하는 거
손목 부러뜨릴 수 있겠다 태연하게 농담하는

일행들이 발치에 있다 생각하며 발을 굴렀습니다 그네 타
는 그로부터 짓이겨지던 표정과 이목구비들

돌아보면 펼쳐지는 황무지

쩍쩍 갈라진 틈새에 빼곡히 차오른
까맣고 진한 눈동자들

이제 좀 속이 시원합니까? 일행이 그에게 물었습니다
언제까지고 여기 있을 순 없다는 걸 잘 압니다

손바닥 펼쳐보면 밧줄 자국 남아 있습니다
손금보다 진하게 남아

살아 스멀스멀 있다고
햇볕 받아 식은땀 반짝이고

일행은 검지 손가락으로 어딘가 가리켰습니다
저중에도 있어
나를 괴롭힌 사람

온종일 뙤약볕일 순 없습니다 밤이 되면
질문을 받기로 합니다

새 우정

이제 새 우정을 찾으러 가볼게 그렇게
친구가 생태공원에 들어간 지 오래
한여름이 다 되어가도록 소식이 없다

이따금 꿈에 나오기는 해도 그건 가짜여서
진짜 아닌 장소에서 만나 진짜 아닌 커피 마시다 진짜 아
닌 악수를 하고 내가

친구를 찾기 위하여 입장권을 알아보았을 때 티켓은 이미
두 세기 이후의 몫까지 팔려 있었다

그날엔 집으로 돌아와 선풍기 날개에 쌓인 먼지를 닦았다
올해의 운세를 외워보았다
실수로 파스타를 삼 인분이나 만들었다

헌것이 된 마음에 무엇을 덧대고 싶은 것일까

함께 가자는 말
언제 떠난다는 이야기 듣지 못했고

출퇴근할 때면 그곳의 입구를 지나친다 늘 줄 서 있는 사
람과 동물로 북적이는 그곳

불씨가 일렁이기 시작하면
정말 사라지나
스치우는 생각과

그럭저럭 일상을 보내는 중이다 주위 둘러보면
졸고 있는 얼굴 초점 없는 눈빛 텅 빈 입속이 있고

나는 성냥 한 획 긋는 심정으로 뜻 모를 숲을
떠올린다 섶이 자라지 않는 곳에 서서 기다리는 사람이
된다

무너지는 모양의 어깨를 하고 있는 모두들아 나도 그렇다
친구도 그렇다 그건 너무 슬프니까

정리를 하자고
다짐을 하고

버스가 흔들리는 순간
발가락 끝에 힘이 들어간다

계류자들*

이건 시니까 나는 해가 저물지 않는 해변에 며칠이고 앉아 있을 수 있다 조개껍질로 모래사장을 가득 채울 수 있다 아무리 털어도 먼지 한 톨 안 나오는 몸이 될 수 있다 다시 볼 수 없게 된 친구들을 다시 만날 수 있다 친구들이 비척 거리며 나타나는 순간 사라지도록 할 수 있다 이건 시니까

이해하지? 친구들의 어깨를 두드려준 다음

가뿐해져버린 다음

살아보고 싶은 집 주위를 서성일 수 있다 이 집은 내가 가본 적 없는 나라 내가 살아본 적 없는 시대에 지어졌고 내가 소망하는 인생을 살다 간 사람이 한평생 거주했다는 이야기가 전해져온다

그는 친구들을 가족으로 만들어 휴일에는 청어 파이를 구워 나눠 먹거나 장마철이면 고장난 우산을 서로 쓰고 나가겠다고 투닥거리는 일이 흔했다는 소문만 남은 사람이다 나는 시를 쓰며

집이라는 단어를 쓰며 이 집 생각을 하고 이 집 앞마당에 자란 풀숲 샛길 마구잡이로 달려보고 맨살에 달라붙는 개미를 떼어내고 사계절 내내 걷기라는 이 땅에 장마전선을 몰고 오고

지붕 밑으로 들어가 비를 피할 때 이마 위로 물방울 하나 떨어져

흘러내려

쓴다 살이 나간 우산을 펼친다 이후에는 나의 친구들 홀

연히 나타난다 이 집에 살림살이를 풀기 시작한다 여태껏 모아온 은수저 가지런히 식탁에 늘어놓는 친구와 자기 방의 침구 커튼 카펫 벽지 모두 사각형 패턴이 그려진 것으로 장식하는 친구와 계단참이나 문지방에 쌓인 먼지부터 청소하느라 바쁜 친구 친구 친구들 나의 단란하고 풍요롭고 서로를 공평하게 대할 줄 아는 여자 어른들 집 사람들

나는 집 주변을 맴돌다 불 켜진 테라스 근처에 웅크리고 누워 친구들을

가져보는 기분을

찾아다니는 사람의 보폭을

이해하게 된다 그걸 가장 먼저 가져본 게 나인 것처럼

불청객이 찾아올 수 없도록 이 집을 공터 한가운데로 옮겨둔다 나와 친구들은 쉬지 않고 떠든다 각자 가지고 있던 책을 방 하나에 몰아넣고 책장에 한 권씩 꽂아 넣느라

집 주위로 하나둘 묘비 세워지는 걸 자꾸만 이 집의 식구가 늘어나는 걸 알아채지 못하다가

나와 친구들은 묘지기 일을 시작하기에 이른다 찾아오는 손님에게 더는 묻을 자리가 없다고 일러주면서 관을 짊어지고 돌아가는 뒷모습 바라보는 나날 멀리서 누군가 태워지는 냄새 나면 창문 걸어 잠그는 나날 매일 대청소하는 나날 보낸다 지나치게 바빠진다

진짜 집은 어디더라

온종일 뼛가루 치우느라 흘린 땀 닦는 친구들은 다 어디

서 왔더라 나는 이게 시라는 생각도 이 시를 계속 써야만 이
집에서 친구들과 계속 살 수 있다는 것도

정말이지 분해

내가 말하자 목장갑을 벗어던지고 나를 와락 껴안는 친구
가 있다 나를 껴안은 친구를 껴안는 친구 더 크게 팔을 벌
려 나와 나를 끌어안은 친구들을 껴안는 친구 나와 친구들
이 사는 집만큼 몸집을 부풀려 나와 친구들과 이 집까지 껴
안는 친구가 있다

내 머리칼을 쓸어넘기며 친구들이 말한다 주술보다 긴 이
야기를 들려줄게 친구들에게 안긴 나는 점차로 자그마해진
다 나의 어리광을 친구들이 들을 수 없을 정도가 되어

내 이마 위로 친구들의 땀방울 떨어지자

나는 조개껍질이 된다

그건 시였으니까 친구들을 친구들이라고밖에 쓸 수 없었
으니까 나는 이제 조개껍질이 되어 해변에서 친구들의 일
광욕이 끝나길

기다릴 수 있다

요즘 들어 자꾸만 몸 여기저기가 가렵다는 친구들의 손
에 들린 조개껍질이 될 수 있다 날카로운 면으로 친구들
의 몸 구석구석을 긁어줄 수 있다 개운해질 수 있도록 도울
수 있다 그렇다면 귀가할 무렵 친구 중 하나는 이렇게 말
할 수 있다

이거 기념으로 가져갈래

이건 시니까

그렇게 챙긴 조개껍질로 집안의 모든 서랍이 가득찰 수
있다

나는 한평생 친구들과 살 수 있다

진짜 집에 갈 수 있다

* 계류자들은 다음과 같다. 박규현, 전수현, 백설이, 차도하 그리고 이 시를 끝까지 읽은 사람 모두. 언제든 이 집에 다녀갈 수 있으며 언제든 이 집을 잊을 수 있다. 이 시를 읽는 동안에는 그럴 수 있다.

4장

애써 사랑하고 있다 이 모든 장면을

열고 닫는 건 오직 내 몫인 경우에 대하여

각얼음
발음하자 어금니와 어금니 사이에서 깨부수어지기를 참
아내던 것이 있다 주전자에 우유를 쏟아붓는 동안에 밑바닥
이 눌어붙지 않도록 천천히 저어주는 동안에

골똘함을 놓치고 싶지 않다 내가 데우는 것 안에 뒤섞인
살과 피부와 울부짖음과 동면에 들어가는 둥그런 등의 움
직임과

한파에 맞서고 싶을 뿐이다
친구는 왈칵 옷장 문을 연다
사이즈가 작아진 지 두 해가 지났거나
목둘레가 한참 늘어나버린 티셔츠를 발굴해내고서
벽면에 옷들을 압정으로 고정시킨다 덧대기 시작한다

더운 우유를 마시는 일 같은 건 깊은 잠과 무관하다지만
이대로는 환기시킬 수 없을 것이다 외출도 어려워질 것이
다 틀어박히는 일만 남을 것이다

상식이 통할 때까지
끓는점으로 다가갈 낙장이 따뜻해질 때까지 지켜보다가

찬장에서 꺼낸 유리컵 두 개를 팔꿈치로 건드리는 일은 깨

지고 망연자실해지는 일은

　가스 밸브는
　꼭 잠가
　정신 차려

　친구가 외친다 너 온종일 한 걸음도 걷지 않았다고
　그새 죽었냐고

　이글루에도 출입구는 만들어진다 모서리마다 새겨진 잇
자국을
　기억한다 마지막으로 들여다본 엄지에 남아 있던 흔적을
　무언가 힘껏 해냈던 시간을
　한때 환한 빛으로 충만하던 실내를

　설탕으로 빚어져
　난황을 곁들인 마음으로 녹아버린 이의 이름

　입술을 달싹인다
　찬 공기가 비집고 들어온다

매개체

배회하다 맴돌다
상설전시관으로 갔다 모두들
선 넘지 않게 조심하면서 메모하거나 사진 찍거나
그러거나
말거나

게워내는 중이었다 기계 짐승이 기계 음식을 쏟아냈다 그
렇게 만들어졌고 그런 용도로만 이해되었고

싫었는데
그러니까 나는 해야만 했다

생각
생각에 대한 생각
생각하게 만드는 생각에 대한 생각

이 방향이 맞는 방향입니까

여행지에서 목적지와 반대되는 길로 가버렸을 때 이방인
이라는 이유로 마음껏 떠돌아도 좋았을 때 외국어를 이해
못해도 괜찮았을 때

기계 짐승과 기계 음식 만든 자를 만나 인사 주고받을 일

생겼을 때

미소를 머금은 채로
어금니 드러내지 않고 주머니에서 손 안 빼는 건

스패너 쥐게 되는 건

무엇인들
멀찍이서 보면
그만한 황홀경이 없었다

돌멩이 나누기

나 오늘도 맞았다
공사 현장 근처 걷다가 떨어진 돌멩이
정오 지나고 인부들 퇴근하고 건물 완공되고 커피점 식당
미용실 책방 들어서고 폐업하고 비어가고 그런 건
중요하지 않고

끈질기게 서 있다보면
돌멩이 될 수도 있을 것 같다

돌멩이 된 나에게 매달 배 아플 필요도 빠지지 않는 월경
컵 때문에 구급차 부를지 말지 고민할 일도 이런 고민 털어
놓을 때 인상 쓰는 사람의 얼굴 볼 상황도 없겠지만

내가 바라는 사건 일어나선 안 된다
돌멩이 되어선 안 된다

아직도 돌멩이 된 그것 주위로 사람들이 매일매일 몰려드
니까 그것 닦아주며 아주 따뜻한 눈물 흘려대니까
돌멩이 되었다는 것만으로도
그것을 향해 사려 깊은 마음 갖게 되니까
하루아침에 인간에서 인간이었던 자로 변한 그것 동네 명
물이 되어 지역 발전에 혁혁한 공을 세웠다며 명예로운 상
도 받았다던

그것과

악수했던 지난날 떠올린다 그 손이 얼마나 크고 단단했는
지 내 뺨 주변을 맴도는 땅벌을 얼마나 가뿐하게 죽였는지

그때 든 멍
정말 오래갔거든
그래서 돌멩이라면 이제

아무래도 좋다
언제든 치워버릴 수 있다
그것, 한때 젊은 청년이었고 혈기왕성했고 날마다 옥상
에 올라가 심심하면 길거리에 돌멩이 던졌음은 잊어버린
사람들
나를 붙들어도 자꾸만 그것 좀 보라고 조언해도

그것의 태도와 그것의 마음을 들여다볼 줄 알아야 한다는
나와 다른 방식으로 미쳐 있는
사람들은 알까 어떻게
다 안다고 생각할까

돌멩이 된 그것의 윗면과 아랫면을 구분할 수 있을까 만
일 엇비슷한 돌멩이와 그것을 바꿔둔다면

그것을 훔쳐버린다면 주머니에 손 넣고 걸으며 그 돌멩이
를 움켜쥔다면 집으로 돌아와 침대 머리맡에 놔둔다면

좋아하던 그림책을 끌어안은 채 잠들면 책의 세계로 들어
갈 수 있을 거라 믿던 호시절처럼

내가 어린 나를 밀치고 넘어뜨리고 화내던 것처럼 바닥
에 엎어진 어린 내가 나에게 달려들어 나와 싸우길 바란 것
처럼

그것도 언젠가는 산산조각나게 될 것이다
그때쯤에는 그것 아주 흔한 돌멩이 내가 강가에 던져 물
수제비 뜨며 놀던 것
내던지던 것 아스팔트 바닥에 빗금 긋느라 쓰던 것 뚫어
져라 보면 새겨진 무늬가 꼭 사람 얼굴
닮은 것 우는 것 전력을 다해 무너지거나 힘을 쥐어짜내
웃는 것

아직은 나 돌멩이 되어선 안 된다
기억해야만 한다 내 뒷덜미를 향해 떨어졌던 순간의
징그러움

컷오프

그게 마지막이었는데
쓰지 않아도 될 에너지까지 바닥나버렸는데

빈 페트병을 비튼다 그 소리 꼭 우리 미래가 구겨질 거란
암시 같군 한 사람이 낙담하자 다른 한 사람이 그의 푸념
을 녹음한다

그들은 후회를 쏟아내는 중이다 오지를 만만히 본 일과
누군가 발을 헛디뎌 낭떠러지 너머로 사라지는 순간 넋 놓
은 일과 그가 내지르는 긴 비명 점점 들려오지 않는 동안
에 이 또한 돌아가기만 한다면 값진 기록이 될 거라며 일지
를 작성한 일과

이 나라의 이 산기슭에서만 발견된다는 것을 찾기 위해 모
였잖아 우리는 자국에서 선발되어 온 자들로서 모두 사년제
대학에서 학위를 취득했고 신체 장애도 정신 질환 이력도
대출도 없는 조건을 통과했잖아 힘낼 수 있는 거잖아 틈날
때마다 분위기를 되살리고자 조잘대던 이는 이제 말이 없다
가장 말을 많이 하는 것은

파견 나온 탐사대인 그들을 인솔하는 현지인 안내자

그는 앞서 오르다가도 뒤처지는 사람 발견할 때마다 내려
와 붙들어준 뒤 다시 선두로 돌아가는 사람이다 얼마나 남
았을까요 질문하면 거의 다 왔다는 말을 되풀이하고 경치

좋은 구간을 지나면서는 잠시 멈추어 이 나라에 대해 설명
해준다

아주 먼 옛날 어린이들이 광산으로 걸어들어가 채굴하며
지냈다는 이야기 손톱 밑의 그을음과 기침하고 난 뒤 토해
내는 검은 피의 양으로 어린이들이 서로의 업적을 가려냈다
는 이야기 그 어린이들을 기리기 위한 구전 동요가 계속 전
승된다는 이야기……

그들은 감탄하고 경외하고 입 벌린 채 듣는다 시간이 얼
마나 흘렀는지 알 수 없다

안내자의 뒤를 따라 걸으며 그들은 쑥덕인다

그애들이 이 나라의 선조인 거겠지 이곳 사람들의 굽은 어
깨가 이해되네 그렇지 굴속으로 들어가다가 신체가 그렇게
진화해버렸을 거야 살아가는 데 문제될 건 없을지도 몰라
저 사람을 봐 멀쩡하잖아

모든 전자기기 배터리는 닳아버린 지 오래

그들은 걱정스러워진다 만일 유일하게 지형을 알고 있는
안내자가 우리를 버리면 어쩌다? 그들은 국제 미아가 되어
소리소문 없이 간단히 사라지게 될 운명에 놓일 것이다 그
들끼리 남았다가는 시도 때도 없이 고꾸라지게 될 것이다

안내자가 이 나라에 대해 설명한 만큼 그들 또한 떠들기
로 결정한다

우리가 나고 자란 곳은 말이죠 장애가 적은 유전자를 가진 인종들만 살아간답니다 지하철 역사에 엘리베이터가 없어도 문제 따위 생긴 적 없을 정도이지요 후천적으로 장애가 생기는 경우도 있을 테지만 뭐 그건 극복할 수 있는 것 아니겠습니까 하하하

그들은 안내자에게 모국을 소개하다가 모국을 회상하다가 점차 모국이 자랑스러워진다 황폐화되어 있는 이 나라와는 근본적으로 다르다구 누군가 한마디 내뱉고 안내자를 힐끗 보지만 안내자는 전처럼
평온한 얼굴을 하고 있다 그들은

그들의 모국어로 이어온 안내자의 설명이 안내자가 외운 문장에 불과하다는 것을 눈치챈다 그들이 건조한 어조로 투정과 짜증과 욕설을 내뱉으며 안내자에게 항의하지만
안내자는 묵묵히 앞을 향해 나아갈 뿐이다
안내자가 그간 복잡한 질문에 대해선 응답하지 않거나 그 지점이야말로 연구되어야 할 숙제라는 말로만 대꾸해왔음이 떠오를 때

이보게들 우린 속아버린 거라구 이런 식이라면 우리가 무엇을 찾으러 왔는지 잊게 될 거야 우리는 지나치게 굶주렸고 피로한 상태라네

누군가 슬그머니 말을 꺼내어 늘어놓고 수군거림이 늘어
나고

그들은 곧장 깜깜해진다 신발 밑창이 닳아 없어지고 가파
른 지대를 오르기 위해 흙이며 짐승의 오물을 손으로 움켜
쥐고 이따금 두 손을 내려다보면 손톱 안으로 파고든 것은
그을음 같고 흐르는 땀과 콧물을 손등으로 훔쳐내보면 검
은 피 같고

우리 무엇을 캐내기 위하여 무엇을 건져내기 위하여 이 나
라의 무엇을 훔쳐내기 위하여 그깟것들 모조리 흐릿해지고

여전히 가뿐하게 바위를 뛰어오르는 안내자가 사뿐히 앞
으로 나아가는 안내자가 그들을 구원해줄 수 있을 듯한 안
내자의 죽어서도 끝나지 않을 안내가 이어지고

그러나 그들이 놓친 게 있다
안내자의 속도

목적지에 도착한 안내자는 중얼거렸다 바윗등에 걸터앉
아 있었다

늦는군 길은 하나인데 굼뜨네 무료하다는 듯 발을 까닥였
다 콧속이 간질거려

목에 두른 손수건을 풀어 얼굴 하관을 감싸고 재채기를
했다 호주머니 속 손톱깎이로 거스러미를 자르다 손톱까지

정성스레 깎았다

　얼마간 그들을 더 기다리던 안내자는 더러워진 손수건을
휙 던지고 옷에 붙은 손톱들을 털어버리고

　유유히 자리를 떴다 안내자가 머물던 곳 잠시 깜깜했다

　다 타고 남은 서슬의 명도로

의식의 식

  허리를 너무 펴서는 안 됩니다. 등을 기댄다는 느낌으로
적당해야 해요. 한의원 유리장 안에는 사슴의 뿔이 놓여 있
었다. 조명 빛을 따라 털에 윤기가 흘렀다. 주위에 먼지가
쌓이지 않도록 쓸고 닦을 손짓을 떠올렸다. 손톱 깎을 때마
다 거스러미 뜯을 때마다 그걸 잘 모아 버릴 때마다. 장우산
을 끌고 다녔다. 지나온 길에 남아 있는 선이 보였다. 가늘
고 긴 것. 끈질기게 챙겨 다닌 것. 온갖 곳에 그어버린 것. 있
는 힘껏 용감무쌍해졌다. 위협적인 사람 상대하는 순간만큼
은 더 위협적인 사람이 되고 싶거든요. 그러면 모두들 이렇
게 말할 것이다. 네가 많이 힘든가보구나. 혀를 차거나 나만
을 남겨둔 채 출구 쪽으로 멀어질지도 모른다. 그렇게 모든
이들이 나를 읽지 않았으면 내가 무언가 쓸 수 있는 자라는
사실 잊었으면 아예 모르고 지냈으면 좋겠다가도. 얼마든지
더 먹을 수 있어요. 축하 자리에서 숟가락 쥐고 놓지 않는
나를 대견히 여기는 사람 염려하는 사람 시선 한번 주지 않
는 사람에게 말한 적 있다. 괜찮습니다. 편식 없이 퍼 먹고
이만치 컸거든요. 내버려두면 썩기 마련이라 게걸스레 먹어
치울 수밖에요. 화는 사라져버린 게 아니었다. 화는 잊혀진
거였다. 사람들 침 튀기며 떠드는 동안에 다리 꼬고 턱 괴면
그제야 다들 나를 바로 봐주었다. 지금은 젊으니까 괜찮겠
지만. 이제 나도 나이가 들겠지요? 나는 나의 장우산 생각
을 했다. 누구의 것인지 모를 뿔이 누구의 것인지 모를 약으
로 쓰여 그 누구가 열심히 마셔대는 장면까지 그려보았다.

감사합니다 감사해요. 말끝마다 고맙다는 의사와 매번 대꾸하는 나와 침을 뽑은 뒤 손바닥으로 나의 등을 한 번 쓸어내리는 간호사와 일반 쓰레기로 분류되는 날까지 전시될 뿐. 떠올렸다. 여행지에서 본 육교는 폭설로 인해 통행이 금지되어 있었다. 그곳에 올라가보고 싶었다. 눈 쌓인 계단참에 용서하기 싫은 뒷모습들 세워서 모조리 밀쳐버려서 그래서 더는 볼 것도 없어진다면…… 내 이야기를 듣던 친구는 나만큼이나 뻐딱하게 앉아 있었다. 그게 좋았다. 장우산을 양보할 수 있었다. 골목길 모퉁이에 숨은 괴한을 마주치거든 까먹지 마. 누구도 안 휘두르는 것을 우리는 휘두를 수 있다는 걸. 우리의 눈빛 영롱하게 반짝여 마치 어두운 담벼락 비추는 맨전구 둑방길 너머 올라오는 새벽 해 된다는 걸. 너무 많은 것을 바라지 마세요. 시끌벅적한 사람들을 등지고 고요히 웃었다. 결말은 아직 멀리 있었다. 예보와 달리 소나기 쏟아지는 날. 나는 매번 새 우산을 장만하게 되었다. 집으로 돌아가 현관문을 열면 장우산 여러 개가 내 쪽으로 쏟아졌다. 잊어선 안 되는 것. 참 많다.

자꾸만꿈만꾸자

마음을 빼앗겨서 그래
내가 침대 바깥으로 못 나가는 건

식구들은 나를 찾을 수 없다
온몸을 이불로 감싸 두른 채
집안을 돌아다니고 싶다

씹다 버렸다거나
먹고 뱉었다는
대화가 오고가면
구석에 앉아 그 말들을 외울 것이다

식탁의 인물들에게 같은 대사를 준 뒤
그들이 서로를 찌르는 미션을 만들겠지
유쾌한 가정환경을 위해 고민하는 나날

마을 한 바퀴를 돌면
길가에 죽어 있는 쥐 한 마리와
뼈가 드러난 수떼
쓰러져 잠자는 염소를 볼 수 있는데

다만 나는 저금을 생각한다
앞으로의 생활에게 오늘을 양보하는 마음을 다짐할 뿐

홀연히 떠나지 말아야지
발가락 끝이 시렵다 시려워 서럽던 그때

나의 늙고 지친 개가 차가워졌음
울지 않았던 것 같고
잃어버릴 수 없게 된 것 같다

뒤척이면서 방문 너머를 그려본다
틀림없이 다들 나를 찾는 중이다 수소문한다
걔 죽은 거나 다름없다고 키득거리는 소리 들려와
나도 따라 웃는다 아직 여기 있으니까

이불을 뒤집어쓰고도
쓰고야 만다는 거
고집스럽게 살아남아

나는 내 잔머리를 다 없애버린다
나는 내가 제일 귀해진다

휴가객

이후에는
내가 검지를 들어 가리키는 쪽으로 모두 고개를 돌린다

우거진 수풀이 보인다

참으로 욱욱하구나
그런 빛이로구나

울먹이는 이는 이제 막 노년기에 접어든 나이다 그에게
손수건을 건네는 이가 있다 그는 대학을 갓 졸업해 시 쓰
는 나이고

우리는 그저 다 함께 삼림욕을 즐기자고
그래야 모인 기분이 난다고 한다

숲속으로 걸어들어간다 흙 위로 튀어나온 뿌리를 건너뛰
는 사람
즈려밟는 사람 한번 쓰다듬어보는 사람 잠시 앉아
쉬는 사람이 있다

깊이
함부로
몰입하니

윤이 나는 그랜드피아노가 나온다 여기서 연주할 줄 아는
건 초등학생 무렵의 나 그러나

치라고요? 제가 어떻게
감히

손가락 가져다 대어본다 확실히 죽어 있는 것 같다고 시
리고
꼿꼿해 움직이지 않는

여기
비틀려 있잖아요

아무도 [이것]을 수리할 줄 모른다 그렇다면
활자를 다루는 데는 능한가요?
안경을 치켜세우며 묻는 청소년이 있다 그는 매년 같은
질문을 한다

망가진 듯한 악기를 가운데 둔 채
빙 둘러선 우리는 겁에 질린다 주인이 나타나
우리를 탓하면 어쩌나

걱정을 감당하려
쓰기 시작한 것 같아

중년의 내가 말하고 있다 명랑하게
자연스럽게

안도하는 이들이 있으나

우리가 같은 사람이라고 해서
사이가 좋을 수는 없다

어느 한 사람이 페달을 조심스레 밟는다 삐걱인다
나는 이 모든 장면이 낯설다
애써 사랑하고 있다

가족 모임

상을 뒤엎는다
다른 누구도 아닌 내가
진짜 하고 싶었던 것

차례상 두고 절할 때 젓가락 두 번 내리쳐 음식 위에 올려
둘 때 어금니로 알밤 깨물 때 접시와 접시 사이 동물 뼈 굴
러다닐 때 살짝 열어둔 현관문 신경쓰일 때

우리들 모인다고
너무 많은 게 죽었을 때

원목 장식장 옹이와 눈 마주친다 저 너머엔 골짜기가 있
다 산새 날아다닌다 가늘고 맑은 물줄기 흐른다 내버려두거
나 모른 체한다면 대대손손 평온할

식구 여러분
내가 뒤집은 건 교자상인데 왜 모두 거기 계시는지요
다들 마룻바닥에 앉아 있다 저마다 머리 가마 방향이 다
르다는 걸 거꾸로 처박힌 건 나라는 걸 집이 지나치게 빼곡
하다는 걸 알고 나니

들끓는다
들끓는 게 있다

다용도실 형광등에서부터 부엌 스프링클러까지 오가는
동안 들려오는 말소리

　고기 반찬 먹지 마라 여자는 음기 있는 동물이다 오빠보다
앞서 걷지 마라 여자가 남자 시선 가리는 거 아니다 여자애
는 창문 보지 마라 조상님 오시다 기분 상하신다

　지금 너무 덥고 버겁고 미어터지고 집안의 방문 죄다 열렸
고 안방 침대에 모로 돌아누운 사람 누구인지 모르겠고 담
요 바깥으로 튀어나온 무릎은 참 자그마하고 흉 하나 없어

　저녁을 잃고 엎어진 상
　계속 넘어져 있다 아무도 모르고 있다
　나를 돌게 만든다

　천장 뚜벅뚜벅 걸어서
　베란다 창문 열어서
　훌쩍 뛰어내려야지 사람들 난간에 달라붙어 나를 보고는
나의 독립에 한마디씩 얹겠지

　그때를 맞춰
　고요가 방문할 것이다 뒷목 쓸어내리는 사람 그릇을 켜켜
이 쌓아올리는 사람 젖은 행주로 가스레인지의 기름기 닦아

내는 사람 팔짱 끼고 비스듬히 서 있는 사람 마른세수하는
사람 모두가 되어볼 것이다

　온데간데 없을 나 찾느라 곳곳을 들춰볼 어른들
　이불 걷어낼 때 웅크린 이의 얼굴 보고 소리지를 것이다
이 집안 사람은 다 아는 표정을 하고 있어서
　순서 지켜가며 무릎 시리지 않도록 쓰다듬을 것 앞사람
어깨에 손 올려둔 채 반듯이 잠든 사람 두고 껑충껑충 뛰어
다닐 것
　여기 있으면 안 돼
　말하지 말 것

　아파트 대단지에 켜진 불빛 불빛 불빛
　눈 감았다 떠도 따라다니는 점 점 점
　앞니 빠진 조카의 잇속처럼 깜깜하다 아득해지다 새어나
가버릴

　집안 사람 모두들
　집으로 돌아가고 난 뒤 허전한 건 현관뿐
　비질해서 모인 먼지 털어버릴 뿐
　이 장면 기억해내는 거
　나뿐

장난이 아니에요 이게 나의 진심

햇볕이 모래밭을 달구고 있다 그 가운데서 구덩이를 판
다 얇고 넓게

이런 일에는 기울기가 필요하다

하류에 도달했을 즈음 나는 내가 낯설어졌다 친구에게도
나에게도 오른쪽이 있고 왼편이라는 게 있어서

경사가 생겨날 수 있고 무너질 수 있다는 점

친구의 발밑으로 폐수가 고여 이 세상이 바뀌어감을 예
감했다

왜 우리는 늘 늦저녁에 만나 아침에 헤어졌을까

무엇이든 물어볼 수 있었으나 그게 행선지는 아니었고

신발 속에 들어간 모래 알갱이가 이 맞스침이 거슬리기
시작한다

흙에 손을 묻어둔 다음 그것을 헌 집이라 믿는 마음

끈기 있게 이루어지는 사랑을 믿어 의심치 않는다

같은 동작을 반복한다 덮어둔 것을 다시 파헤치는 순간이
올 때까지 이어질

축하를 받고 싶다 친구와 수인사가 끝날 무렵에 보았던
저물녘의

가느다란 빛, 그 끝에서 기지개 켜는 폐허를 본 적 있음
으로

5장

한 세기의 용감함이 눈을 부라리고 있다

친구는 누굴까
친구는 없지만 그래도
누굴까

너 내 친구 맞지
모르는 누군가 말 걸어올 때
누워 있는 내 얼굴 위로
그의 머리카락 쏟아질 때
잠 다 깰 때
씻고 잠옷 빨고 남은 시리얼 먹어치우고 화분 물 줄 때
택배 뜯을 때
종이 상자 전단지 오래된 달력 모아 버릴 때
동네 조금 걸을 때
그늘 있는 벤치에서 쉬어갈 때
산책하는 사람들
오래 알고 지낸 사이처럼 느껴질 때
붙잡아보고 싶을 때
돌아보는 낯빛과 친해질 때
내 얼굴만 낯설어질 때
계곡물에 빠진 나에게
손 흔들던 모두
잘 가 또 만나
지난밤 꿈 떠오를 때
불어터진 손발
쥐었다 펴볼 때

조금 전에 죽은 사람 같을 때

조금 전에 태어난 사람 같을 때

집으로 돌아갈 때

분리수거장 지나칠 때

높이 쌓아올린 폐지 더미 쓰러질 때

넘어져버릴 때

모든 걸 내버려두고 누워버릴 때

이불 바깥으로 튀어나온 나의 맨발 살짝

쥐었다 놓는 손짓

너머로부터 가로질러와

도착해 있을 때

실화가 왜곡되어 괴담화된 사례

역시 옷장 안이다 문을 열자 한 사람이 쏟아진다 그는 나의 친구이다 그러나 이 사실에 대해 그는 아는 바가 없다

손등으로 친구의 이마를 짚어주고 싶다 생각하면 친구는 이마를 내어준다 등을 쓸어내리고 싶어질 때에는 등을 둥글게 말아 보이고

척추뼈 한 마디 한 마디를 세어본다 느긋하게
가족이 되어봐
그럴까봐

설산에 다녀온 적 있다
양철로 된 컵에 눈을 퍼다 끓여 마시면서 그 무렵에도 나는 친구 생각을 했다 발을 헛디뎌 넘어지면서도 역시 나에게는

친구가 없다
친구에게는 남은 말이 없다

대화를 할 수 없다

옷장 문 열었을 때 웅크리고 있던 건 철 지난
스웨터 보푸라기가 심하게 일어 다시는 입을 수 없게 된

스웨터 소매 끝단이 풀려버린
스웨터

스웨터는 친구라고 부르던 이가 선물해준 것이다 나는 그
것을 입은 채로 조난당해본 적 있을 것이다

이 사실에 대해 나는 아는 바가 있고

눈 속에서 절경을 본 것 같다 누군가 내 이마를 두드리며
이름을 물었던 것 같다

계절이 바뀌는 동안에는 헌옷 수거함이 가득찬다 그곳에
파묻힌 사람의 모습을

감각을

기억하고 싶은

친구들은 슬리퍼 끌며 밤 산책을 한다 멀리서 손을 들어
보인다
쏟아질 준비가 되어 있다

안경알 닦는 사람들

　동그랗게 모여 앉아 각자 안경알을 닦았다 대화는 필요 없었다 모두가 성실했다 안경알이 사라졌다고 외치는 이가 나타나면 하나둘 귀가하곤 했는데 모임이 열리는 장소는 언제나 언덕에서 제일 높은 곳이었고 칼바람 부는 날에는 돌아가는 길에 일부러 넘어지는 사람도 있었다 그렇게 따뜻해져가는 양쪽 무릎을 만끽했다 회복되는 시간을 가져갔다 안경테만 남을 때까지 안경닦이로 작은 유리를 닦으며 이것은 작은 얼음 조각이다 생각될 무렵까지 했던 일을 하고 또 했다 모임은 야외에서 진행되었기에 더운 날엔 젖은 티셔츠를 입고 돌아가는 사람도 있었다 우천시에는 파라솔을 세워두었지만 들이치는 비바람 탓에 모임은 더 오래 지속되었다 어째서 그들이 모이게 되었는가에 대해선 설명할 수 있는 자가 아무도 없었으나 왜 더는 안경알을 닦지 않게 되었는가는 명료했다 누군가 안경알을 닦다가 빛에 유리알을 대어보다가 그 너머의 장면에 마음을 내주었다 그 장면이 마음에 들어 안경알이 사라지는 건 안중에도 없어져버렸다 그는 사랑에 빠졌다 선언했고 모두 혼란에 빠졌다 우리는 그저 안경알을 닦을 뿐이었잖아요 다들 알고 있잖아요 울기 시작한 사람이 있었다 이따금 뻐근한 고개를 들어 하늘에 안경알을 비춰 보며 얼마나 선명한지 가늠해보는 사람의 옆얼굴 떠올리자면 그날의 날씨까지는 기억나지 않는다 해도 한데 모여 모두가 같은 일 해냈다는 사실 그것만으로도 충분하던 우리는

안전하고 슬기로운 놀이

이제부터 여기에 기르겠다 살게 하겠다

포장지 뜯고 장난감 박스 개봉한다 설명서에는

채집한 생명 넣는 방법과 너무 작은 개체 탈출할 수 있다
는 안내와 길지 않은 수명 탓에 죽어버린 사체는 즉각 치워
야 한다는 주의사항이 적혀 있다

간단하게

갓길에 버려져 있던 비닐봉투 생각을 한다 집으로 돌아가
는 차 안에서 봤던 비닐봉투 입구를 단단히 매듭지어놨던
비닐봉투 아무도 못 보고 나만 봤던 비닐봉투

알겠지 도착하면 각자 갈 길 가자 그날 그들은 했던 말을
하고 또 했다 어렵지 않게 뿔뿔이 흩어졌다 나는

화단 앞에 앉아서 나무젓가락으로 개미를 줍고 있다 개
미는 나의 장난감 안에서 젤리를 갉아먹고 방을 나누고 새
끼를 낳고

살게 될 것이다 내가 지겨워질 때까지 내 방 귀퉁이에서
나와 한참을

긴 시간을 함께 보낸 그들은 차 안에서 멀미했다 잠에 들
었다 아주 깊이 지나치게 오래 깨어나지 않았다

고속도로에서 국도로 나가지 않았다 차선을 바꾸지 않았
다 도로표지판을 신경쓰지 않았다

다들 눈을 뜨지 마 보지 마

나는 여전히 외면하는 중이다 비닐봉투 안에 있는 것

그 안에 대체 뭐가 있는 건데

나의 장난감을 본다 해도 그들은 모를 수 있다 휴게소에 들렀을 때 내가 들어간 화장실 칸에 대고 그들이 계속 노크 했던 것처럼 거기 누구 있어요?

나를 깜박 잊었던 것처럼

비닐봉투 안으로 머리만 들이밀고 다 숨었다 여긴 것처럼 갓길에 놓인 것처럼

나는 오도카니 서 있고

여기저기서 매미가 울고 자전거 타다 넘어진 어린이도 어린이의 까진 무릎을 살피는 어린이의 친구 어린이도 울고 있다 아무도 못 보고 나만 보는 어린이들

어린이를 일으켜세워 상처를 들여다보면 어린이의 얼굴은 내가 아는 얼굴이다 잠들어 있던 그들의 얼굴 스쳐지나가는 얼굴 나의 모든 얼굴 나였고 나이며 나이게 될

그 얼굴들 모아두고 싶다 나의 장난감에 채워넣어 오도가도 못하게 하고

장난감 안에서 플라스틱 벽을 탕탕 치며 소리지를 때마다 흡족하다

내가 가진 것 중 가장 경쾌하고 반갑고 돌아보게끔 만드는 몸이 뒤틀리는

이야기가 좋다 스스로 굴 안에 걸어들어갔다는 사람에 대한 서술이다 내 자술 연보의 시작이다 어떤 인간에 대한 끈질긴 구경은 거기서부터 생겨나고

나의 장난감 들썩인다 장난감 안에는 누군가 쓰러져 있다

장난감의 윗면을 열어 쓰러진 이를 빼낸다

　비닐봉투에 넣는다 비닐봉투 입구를 단단히 매듭짓는다
자그마하고 끔찍한

　개미가 아니다 개미라고 말한 적 없다 그 무엇인지는 아
무도 모를 것이다 나도

　모르고 있다

백화점에 갔다 그곳에서 22세기를 기념하는 행사가 열렸기 때문이다 나는 이미 성공해 그 건물의 쇼윈도와 에스컬레이터와 푸드 코트와 조명 가운데 몇 개쯤은 가뿐히 살 수 있었지만

　　그런 건 탐나지 않았다 정말로 갖고 싶었던 건 연회장에 전시되어 있는 나의 친구였다 한때 그는 나와 극장에서 연극을 보고 칼국수를 먹고 커피점에서 한참을 떠들었지 그러나 마지막엔 박제되는 쪽을 택했다 그것이 최후의 퍼포먼스였던 것이다 생계형 예술가였던 우리는 성탄절 무렵 백화점 앞을 지나칠 때마다 중얼거렸다 나도 비싼 것을 좋아하는데…… 건물 외벽에 붙은 전등이 번쩍거리는 것을 한참이나 지켜보았다 *값나가는 사람이 되자* 누군가 우리에게 하는 일을 물어올 때면 겁이 났다 작품을 만들 때 돈이 드는 건 아니었지만 그렇다고 작품이 돈 되는 것도 아니었다 결국 우리는 악착같이 돈을 벌어댔다 그런데도 백화점을 쳐다만 봤다 저기서 팔리고 싶다 친구가 말했다 나는 내가 작품이 된다! 우리는 뉘엿뉘엿 멀어져갔고 기지개 켜듯 나이를 먹었다 친구의 소식을 전해준 건 겹치는 지인들이었다 물론 모든 준비가 끝난 이후였으므로 살아 숨쉬는 친구를 볼 순 없었다 친구는 눈을 똑바로 뜨고 있었다고 프로다운 포즈를 취하고 있었다고 그랬다 친구는 22세기 내내 전시되어 있을 예정이라고 했다 백화점에 갔다 끝내 친구를 보지 않았다 친구를 보면 사고 싶어질 테니까 친구는 백화점에 있는 것 가운데 가장 고급이었고 나는 친구를 나의 집 어디에 두어야 할지

마땅한 곳을 떠올리지 못했으니까 친구는 그 백화점의 상징
이 될 것이다 누구도 넘볼 수 없게 내가 지금 그렇게 썼으므
로 난 이렇게 값을 지불한다 모두 그를 보아라 지금 그곳에
한 세기의 용감함이 눈을 부라리고 있다

휴일에는 영업시간이 다를 수 있습니다

아는 바가 없다. 나는 늘 그러했다. 넘어지지 않기 위해 주머니에 손 넣지 않고 걸었다. 자꾸만 생겨나던 거스러미. 뜯어낸 이후에도

생겨나고 일어나잖아요. 친구들은 모두 첫차 타고 떠나갔다. 대접해줄 수 있는 게 없었다. 단칸방에서 촛불 하나 켜둔 채 밤을 새웠다. 양지바른 곳으로 가야 해.

오후 네시가 되자 일몰이 시작되었다. 건물과 건물 사이를 통과해 날아드는 망자들의 뼛가루. 차도와 도보가 구분되지 않았다. 소복하게 쌓이는 희디흰 입자들. 관광객들은 재 쌓인 운하를 보기 위해 먼 데서 오곤 했다. 그때마다 나는

묻고 싶었다. 가늠하기 어려운 누구도 헤아릴 수 없는 예측 불허의 나날들에 대해. 나의 고향에 대해. 바다 건너에는 치워도 치워도 계속 눈이 쌓이기만 하는 곳도 있다던데 어째서 이곳으로 오셨습니까?

멀어져가는 열차를 향해 손 흔들었다. 네가 펼쳐 보인 손바닥이 너무 작아서 다시는 그곳을 찾아갈 수 없을 것 같다 여행 가기 위해 억지로 웃으며 일하는 일 절대 없을 것 같다. 내가 받은 편지

봉투에 붙어 있던 우표 그림. 반짝이던 아스파라거스 잎사귀. 그것이 얼마나 뾰족해 보일 수 있는지. 나는 기억한다. 나를 벨 수 있다.

조금 더 이전의 미래

강변 시민공원에 있는 수영장이었다 봐버렸다 물에 떠오른 사람의 뒷모습을

나만이 알아차렸다

타일의 깨진 구석에
발가락 닿았을 때

나를 살게 하는 부분이 있었다 그곳에서

일렁거리는 트랙
사람의 손차양
눈동자들
햇빛

어깨는 조금 힘 빼고 턱은 아래로 당겨 시선은 정면을 향해 다 됐으면 이제

다른 사람들 미소 지었다
기념사진 남겼다

나는 수면 위에 엎드려
물에 잠긴 다리들을 구경했다

모두 살아 있었다

등에 소름이 돋았는데
물방울이 팔꿈치를 타고 뚝뚝 떨어졌는데

비치 볼이 날아와
뒤통수를 쳤다

돌아서 보자

한강 물이 울렁거리는 중이다

저기서부터 걸어나온 이는 나뿐이었다는 게
떠오른 적 있었다는 게

그림자가 선명해진다

지루하게
길게

생각한다
죽어 있는 붕어 생각

아카이빙

선반마다 놓여 있는 액자들
전부 이른 나이에 죽은 예술가들의 사진이다

우리는 그들의 이름을 나열해본다 뱅쇼를 마시면서
양손으로 머그잔을 그러쥐어도 따뜻하지 않은 뱅쇼를

엎지른다
일찍이

잘 죽고 싶었지 그렇게
테이블 아래로 흘러내리는

이름 널리 알리자
친구가 내 손을 붙든다

친구는 여전히 튼튼한 팔다리
표정과 머리칼을 가졌구나 그대로구나

오늘도 조간신문에 보도되어 있었다 조그맣고 희미한 친
구의 초상화
테이블보에 쏟은 음료 자국처럼

여기에 더는

남아 있지 마
이제는 그러지 마

침묵마다
뼈마디마다
카페 창문 틈마다
문풍지 낀 것을 본다

영업시간이 끝났습니다
남기고 가는 건 없는지 낱낱이

살펴
가세요

이승에서 저승까지

나는 머그잔을 두고 나온다
와인과 함께 끓였을 과일 조각들을 두고
사과 따위를 두고
친구를 두고

출입문과 다른 문을
열어두고

뒤집어둔 것들을 떠올리자
온 하루가 다 갔다

이 이야기는 스노우볼을 깨뜨리면서부터 시작되었다

연말 카드를 썼다 올 한 해 모쪼록 감사했다 한 문장 쓰고 다른 카드로 바꾸고 또 바꿔 새로 썼다 우편배달부가 찾아와 현관문 열어줬을 때 쓰다 만 카드들이 아파트 복도까지 넘칠 지경이었다 모든 일을 내 탓 하느라 힘들었겠구나 적고 보니 오른손에 힘이 들어갔고 손이 시렸다 배달부는 우리들 어깨를 흔들면서 지금 잠들면 죽는다고 이 카드들 좀 내다 버리라고 소리쳤다 한 통도 부치지 못하면 다들 우리에게 사과하지 않을 텐데 물론 그들이 신발장에 신문지 대신 우리가 보낸 카드를 깔고 눈 묻은 신발 밑창을 닦아낼 것도 알고 있었다 마지막 한 장을 더 써냈는데 **그것**의 행방이 묘연했다

○

이 행성에 남기로 한 건 우리들뿐 소파에 나란히 앉아 다리를 떤다 그때
초인종 소리가 들린다 문은 열어주지 않고 계획을 세워본다

낚싯줄을 많이 준비해야 해 얼음 된 호수를 망치로 깨어줄 테니 거기에 줄을 내리면 돼 한없이 내리다보면

낚싯줄이 너의 정수리를 건드릴 것이고

— 그걸 붙잡아 올라가면 돼

문 걸어 잠근다

우리는 어디에도 도착할 수 없다 도저히
끝낼 수가 없다

○

우리는 갈지자로 걸어가는 중이다 왼발이 오른발에 걸리
고 오른발이 왼발에 걸려

넘어진다 일어날 줄 모른다 방향을 잃어버린 사람이 되
어서

아스팔트 위에서 펄떡거리고 있다 공기 알레르기가 있나
봐 지나가던 사람들이 수군대는 소리

나는 친구를 들어올려 인근의 횟집 수조에 넣어준다
아가미를 만들어줄게 잘 벼린 칼을 집어든다

칼의 날카로움
칼의 비명

칼의 울먹임

도마를 깨끗하게 닦는다
친구가 살 것 같다고 말한다

○

정오의 광장에 긴 줄을 선 사람들
오랜 기다림 끝에 단 하나의 문장만을 쓰고 가는 시민들

수성펜으로 쓴 문장은 번져 있었고 볼펜으로 눌러쓴 문장
은 뒷면의 문장과 포개져 있었고 간혹 누구의 것인지 알아
챌 수 있는 글씨들이 눈에 띄었다

손가락 끝에 닿는 종이 질감
펜촉이 지나간 자리
구겨지거나 찢긴 모서리들 얼룩들

해진 종이에도 날 선 면은 남아 있었다

꼭 축제 같다
모두가 모인다 우리에게 용서받고 싶은 이들
그들은 서로 인사를 나누기에 바쁘다 악수를 건네고 손을

맞잡으며 어깨를 으쓱거린다 광장에서

　우리는 사전에 그들에게 똑같은 문장 하나를 일러주었다
그 문장을 쓰고 가주세요 부탁해두었다 누군가는 그 문장이
슬프다고 했다 어떤 이는 이 순간을 고이 간직하고 싶다며
사진만 찍다 가버렸다

　누구도 우리를 알아보지 못했다

○

　우리를 따돌리고서 우리를 제외하고서 우리에 대해 거론
하는 모두들아. 우리는 죽었고 말없으며 그것을 다 알고 떠
들어대는 꼴 보며 영원히 침묵하기로 한다. 죽고 볼 일이다.
이제 우리 아무것도 옮겨 쓰지 않고 읽지 않는다. 우리가 남
긴 것에 얼굴 파묻고 감탄하는 꼴 구경하면서 우리는 오래
도록 통쾌하다. 우리의 반짝거림 어디 한번 찾아보라고. 그
거 영영 알 수 없을 거라고.

○

　현관을 나서자마자 길을 내기 위해
양동이로 눈을 퍼 나른다
그렇군

이런 게 폭설이군

친구와 나는 땀을 뻘뻘 흘려가며
눈을 치워낼 뿐
이미 치운 눈은 어떻게 해야 하는 걸까

녹기는 하는 건지
믿을 수가 없었다

쌓인 눈 사이로
언뜻 길이 보이고

그거 아냐고
우리는 이 길에 발 대지 않을 거라고

○

마룻바닥에 눈을 흘렸을 때부터
그것을 닦느라 손을 더듬거렸을 때부터

폭설을 뚫고 걸어가듯이
성실히 이 이야기를 보았다

추신,

야영지

1
우리 다시 모이니
참 좋다

나랑 로쿄랑 아주는
과천야영지에 와 있다

여기서 이들과 나눠 가졌던 내 손가락
로쿄는 구르다가 잃어버렸다고 한다

버스에 타고 내릴 때 아무도 도와주지 않아서 굴러떨어
져버려서
그때 떨어뜨렸나봐
매번 그랬기 때문에 그게 언제인지는 모르겠다고
계속 무언가를 흘리고 다니게 될까봐
구르지 않게 된

로쿄에게 발 하나를 선물한다
이렇게라도 나는 나를 벗겨내고 싶다
잘 벗어서 잘 놔두고 싶다

한쪽 발로
로쿄는 제자리에서 뛰어오른다

잘하면 사라질 것 같다

2
아주는 흙바닥에 자기 이름을 적고 있다 아주
그뒤에 올 말을 기다리는 동안에

아주가 들려주는 이야기는 이러하다
한 달 전부터 계속 같은 영화를 봤어 그 영화에 단역으로
출연하고서 일당을 받았다던 친구가 있거든 그 친구 움직임
고갯짓 목소리의 높낮이 보조개 모양 어땠는지 도무지 기억
이 안 나는 거야 그래서 보러 간 영화인데 모든 등장인물이
똑같은 가면을 쓰고 나온 거 있지 친구를 알아볼 수 없어 친
구를 찾아내려 몇 차례고 상영관 객석에 앉아 러닝타임 내
내 한 명 한 명을 유심히 봤지만

아주는 고개를 가로젓는다
아주의 등을 쓸어내려준다
아주는 헛구역질을 한다 내 무릎에
아주의 머리를 뉘인다

아주가 이야기를 시작하기 전
힘차게 발을 내디뎠던 로쿄

착지하려면 멀었고

아주랑 나는 기다리고 있다
우리 앞에 놓일 것을
입꼬리 떨리게 할 것을

3
사람들은 각자 저마다의 텐트 안에서
제법 아늑해 보인다

아주가 냈던 큰 소리와
로쿄가 구른 자리마다 남았던 자국을 떠올린다
얼마나 선명했는지 얼마나
버거웠는지

이제 매번 화내지 않아
화가 나지 않게 된 나에게 화가 나서

이건 로쿄가 했던 말이다 아니
아주의 울먹거림

계속해보자면

이대로는 안 될 것이다

　사람들은 모여 앉아 노래하고 기타 친다 손뼉 친다 술에
취해 주먹으로 서로의 뺨 친다 멀찍이서 지켜볼 때

　두고 간 게 있어 돌아왔다거나
　멀리 가지 않겠다는 다짐을 바라게 될 때

　데리러 가자
　찾아가자

　말하고 고개를 끄덕인다
　사건은 늘 예고 없이 벌어지지만
　더는 짜증스럽지 않았다

4
나랑 아주랑 로쿄랑
모여 앉아
오래 떠들었던 날 듣기 좋던
장작 소리 타들어가던
타닥타닥

주머니에 넣어둔 손가락을 꼼지락거리다보면
무엇이든 만져볼 수 있고
만들어낼 수 있을 듯한 기분

뒷산이 밝아진다
산불일까

사람들이 모든 걸 내버려두고 서로를 밀치며 달려나가고
나는 그들이 남겨둔 걸 하나씩
줍는다 그러쥔다 제자리에 돌려놓는다

그게 뭐였는지
산뱀의 허리부터 물어뜯어야 놀 수 있다고 말한 건 누구
였는지

지난번에 우리는 아무것도 태우지 않았는데 그날 녹음
한 소리 되감아 들으면 들려왔다 들렸다 들린다 듣게 된다

타오르는 불씨
살아
남은 것

환해지는 이의 얼굴에서 일렁이는 그것

해설

아직 없는, 계속 도래하는 친구

최가은(문학평론가)

『새 우정을 찾으러 가볼게』는 친구를 쓴다. 친구에 관한 이야기, 친구를 둘러싼 담론 혹은 떠난 친구를 위한 애도의 말 같은 것이 아니라, 친구 그 자체를 말이다.

　친구의
　이름 뭐였지?

—「가까운 사람」부분

　시집에서 가장 많이 발견되는 단어가 다름 아닌 '친구'라는 것, '친구'라는 이 간단하고도 선명한 단어를 시집이 매 순간 다른 힘을 주어 발음하고 있다는 인상은 누구에게나 투명하게 다가올 것이다. 그럼에도 우리의 독해는 생각만큼 깔끔하게 완성되지 않는다. 화자는 '가까운 사람'인 친구의 이름조차 알지 못한다고 고백하기 때문이다. 박규현의 시집으로부터 가장 읽어내기 어려운 것 역시 '친구'인 셈이다.

　시집 속 친구는 누구일까? 정글짐 꼭대기에 매달려 하찮고 시원찮은, 그러나 납작하지 않은 꿈을 꾸는 친구. 끓는 냄비의 수증기 너머로 제 얼굴을 숨기고 또 지우는 친구. 종일 베란다 바깥을 내다보느라 '나'를 까맣게 잊어버린 친구. 사이즈가 작아진 옷, 목둘레가 늘어난 티셔츠를 꺼내어 벽면에 고정시키는 친구. 옷장 문을 열면 마구 쏟아지는 친구. 괴팍하고 슬픈 내 아름다운 친구……

　닿을 수 없지만 분명 곁에 있는 존재. 시집이 말하는 '친구'는 하나의 점으로 고정되지 않은 채로도 이처럼 도처에 있다. 이들은 지극히 사적인 기억 속 '나'만 아는 표정을 하고 눈앞에 있다가도 금세 어디서 비롯된 것인지 알 수 없는 죽음의 소식이 되어, 보드라운 뼛가루가 되어 다시 나타난다. 친구란 대체 무엇인가. 해소되지 않고 되돌아오는 이 질문 앞에서, 시인은 대답 대신 어딘가에 매인 채 머물러 살아가는 이들의 모습을 보여준다.

이건 시니까 나는 해가 저물지 않는 해변에 며칠이고 앉아 있을 수 있다 조개껍질로 모래사장을 가득 채울 수 있다 아무리 털어도 먼지 한 톨 안 나오는 몸이 될 수 있다 다시 볼 수 없게 된 친구들을 다시 만날 수 있다 친구들이 비척거리며 나타나는 순간 사라지도록 할 수 있다 이건 시니까

(……)

집 주위로 하나둘 묘비 세워지는 걸 자꾸만 이 집의 식구가 늘어나는 걸 알아채지 못하다가

나와 친구들은 묘지기 일을 시작하기에 이른다 찾아오는 손님에게 더는 묻을 자리가 없다고 일러주면서 관을 짊어지고 돌아가는 뒷모습 바라보는 나날 멀리서 누군가 태워지는 냄새 나면 창문 걸어 잠그는 나날 매일 대청소하

는 나날 보낸다 지나치게 바빠진다

진짜 집은 어디더라

온종일 뼛가루 치우느라 흘린 땀 닦는 친구들은 다 어디
서 왔더라 나는 이게 시라는 생각도 이 시를 계속 써야만
이 집에서 친구들과 계속 살 수 있다는 것도

정말이지 분해

내가 말하자 목장갑을 벗어던지고 나를 와락 껴안는 친
구가 있다 나를 껴안은 친구를 껴안는 친구 더 크게 팔을
벌려 나와 나를 끌어안은 친구들을 껴안는 친구 나와 친
구들이 사는 집만큼 몸집을 부풀려 나와 친구들과 이 집
까지 껴안는 친구가 있다

내 머리칼을 쓸어넘기며 친구들이 말한다 주술보다 긴
이야기를 들려줄게

—「계류자들」 부분

「계류자들」의 화자는 죽음조차 제대로 결정되지 않은 탓
에 어딘가에 망연히 붙들려 있는 이들을 알고 있다. 그들은
여기 있지만 다시 만날 수 없게 된 친구들이다. 그런데 화자
는 "이건 시니까" "볼 수 없게 된 친구들"을 다시 만날 수 있
고, 그들이 "비척거리며 나타나는 순간" 사라지게 할 수도
있다고 말한다. 여기서 '친구를 쓴다'는 행위의 형체가 어렴
풋이 드러나는 것 같다. 그것은 "이건 시니까" "해가 저물
지 않는 해변에 며칠이고 앉아 있을 수 있"고, "조개껍질로

모래사장을 가득 채울 수 있"는 것과 동일한 원리로 가능해지는 일이다. 지면을 매개로, 쓰는 것을 즉각 현재화하는 시의 힘. 이미 상실된 것의 존재와 아직 오지 않은 것의 부재가 동시에 발화되는 자리의 팽팽한 긴장. 단순하면서도 놀라운 시의 힘 앞에서 화자는 당황하고 있다. 정말로 시가 친구를 쓰는 것을 넘어 친구 그 자체로 쓰일 수 있는 것이라면, 그에겐 시이자 친구를 쓰지 않을 도리가 없기 때문이다. 그런 화자에게 계류된 손님-친구들은 우정의 제안인지 섬뜩한 경고인지 모를 말을 작게 속삭인다. "주술보다 긴 이야기를 들려줄게".

*

박규현이 그려내는 세계는 우리가 사는 곳과 그리 다르지 않은 것처럼 보인다. '나'와 친구들은 일상적인 공간이라 부를 만한 곳에서 평범하고 사소한 대화를 나누곤 한다. 함께 길을 걷고, 연극이나 전시 관람을 약속하고, 마주앉아 각자의 이야기를 들려주며 "고기 반찬 먹지 마라 여자는 음기 있는 동물이다 오빠보다 앞서 걷지 마라 여자가 남자 시선 가리는 거 아니다 여자애는 창문 보지 마라 조상님 오시다 기분 상하신다"(「가족 모임」)와 같은 말들 속에서 자라난 서로를 이해한다. 그러나 이들이 '우리'라는 이름 아래 상대를 '친구'로 지칭하는 순간, 평범한 듯했던 장소와 '친

구'라는 호명이 불쑥 낯설어지고, 그들이 때때로 빤히 쳐다
보는 나 자신의 얼굴마저 아득하게 이질적인 감각 속에 놓
이게 된다. 어째서일까?

친구의 얼굴 올려다볼 때
그 얼굴 내가 아는 얼굴 아닐 때

누구세요?
내 입안으로 생쌀 채워넣는 사람
믿기 어려운 이야기 같겠지만

나는 살아 있다 지금은
적어도 그렇다

—「아오타다라」 부분

그것은 먼저, 박규현의 시에서 친구란 살아 있는 내 입안
으로 생쌀을 욱여넣는 자이기 때문이다. 친구와 함께하는 순
간이라면 언제나 죽음이 찾아든다. 마치 우정을 맺는 행위
자체가 죽음을 불러오는 일이라는 듯. 친구는 '장례' '기일'
'운구' '관'과 같은 단어들의 틈에 끼어 계속해서 밀려오고,
"진짜 집" 대신 '묘비'와 '관' 사이를 표류한다. 스스로 죽음
에 깊이 연루되어 있다는 사실을 숨기지 않는 친구들의 계
속되는 도착에, 죽음은 뜨거운 김처럼 공기 속에 서서히 제

몸을 풀거나 서늘한 빗기운이 되어 '여기'와 '우리'를 무겁게 가둔다. 이제 '나'와 친구 중 누가 진짜 망자인지 구별해낼 수 있는 이는 아무도 없다.

그러나 친구와 '나'는 단지 죽은 이는 아닐 것이다. 이들이 죽음과 특별한 관련이 있다면, 그것은 차라리 '친구'와 '죽음'이 동일한 계열로 배치됨으로써 맺어진 관계의 성격에서 비롯된다. 죽음과 친구, 혹은 친구와 죽음. 이 두 개념 사이의 미묘한 연결에서 불연속적으로 발생하는 비약은 죽음을 종종 죽음 그 이상의 것으로 만든다. 흔들리는 의미적 지평으로부터 발생하는 양자의 접속이 죽음을 단순한 소멸이 아닌 존재의 여백 혹은 친구라는 타자의 도래가 감지되는 장소로 확장하는 것이다. 그런데 이상하게도 박규현과 그의 친구들은 '친구'를 위해 마련된 이 무한하고 경이로운 확장을 반기지 않는 것처럼 보인다. 오히려 그들은 환하게 트인 이 공간에 버티고 서서, 각자의 차단벽을 세우느라 분주하다. '새우정'을 반기는 일이 그럴듯한 당위 이상이 되게 하기 위해 놓쳐서는 안 되는 문제가 또하나 있는 탓이다.

친구의 이름을 새겨놓고 묻어두고 파헤치고 그러다보면 내가 웅크리고 있고 그럼에도 불구하고

기억하려 한다 빛의 각도를 비스듬함을 햇무리의 속도를 친구들을 그로 인한 재난을 주먹을 펼쳐 보면

손금은 연하게 이어져 있다 오래 살게 된다 다들 나의
못자리 근처를 산책하게 된다
　　　　　　　　—「마침내 은유가 아니게 될 때」부분

『새 우정을 찾으러 가볼게』의 친구는 몇 개의 단어를 사
이에 두고 재난의 그림자와 만난다. '재난'은 집단화된 죽음
의 이미지를 환기하는 장치일 뿐만 아니라, 죽음을 죽음 너
머로 밀어붙이거나 반대로 죽음에 도달하지 못하게 하는 조
건이다. 그러나 박규현의 친구들이 감응하는 것은 세계 전
체가 이미 대재앙의 시대를 살고 있으며, 머지않아 그조차
완전히 박살날 것이라는 오늘날의 종말 시나리오 같은 것이
아니다. 그들은 미래 없음을 누구보다 분명하게 실감하지
만, 그 실감은 세계 전체의 붕괴가 아니라 자기 자신이 사라
져간다는 감각, 더 정확히는 멀쩡한 세상과의 부당한 단절
속에 갇혀 있다는 인식을 통해 오는 것이기 때문이다. 응답
없는 현재, 지워짐으로써 살아 있음이 증명되는 자리. 그곳
에 고립된 채 숨죽인 '지금'을 통해 재난의 감각은 쉴 틈 없
이 발생하고, 그 속에서 그들은 매 순간 죽음을 새로 산다.
　시집이 죽음을 향해 보이는 이 과잉되고 비틀린 몸짓은 친
구와 재난, 그리고 죽음을 하나의 불안정한 계열에 놓은 결
과이다. 이때 친구는 단순한 애도의 대상이 아니라 재난을
전유하여 죽음 자체를 계속해서 다시 호출해내는 적극적인

자리에 배치되어 있다. 이는 박규현의 우정이 상당히 위태로운 종류의 윤리적 불안 위에서 성립되고 있음을 암시하는 것이기도 하다.

정오의 광장에 긴 줄을 선 사람들
오랜 기다림 끝에 단 하나의 문장만을 쓰고 가는 시민들

수성펜으로 쓴 문장은 번져 있었고 볼펜으로 눌러쓴 문장은 뒷면의 문장과 포개져 있었고 간혹 누구의 것인지 알아챌 수 있는 글씨들이 눈에 띄었다

손가락 끝에 닿는 종이 질감
펜촉이 지나간 자리
구겨지거나 찢긴 모서리들 얼룩들

해진 종이에도 날 선 면은 남아 있었다

꼭 축제 같다
모두가 모인다 우리에게 용서받고 싶은 이들
그들은 서로 인사를 나누기에 바쁘다 악수를 건네고 손을 맞잡으며 어깨를 으쓱거린다 광장에서
우리는 사전에 그들에게 똑같은 문장 하나를 일러주었다 그 문장을 쓰고 가주세요 부탁해두었다 누군가는 그 문

장이 슬프다고 했다 어떤 이는 이 순간을 고이 간직하고
싶다며 사진만 찍다 가버렸다

　누구도 우리를 알아보지 못했다

◌

　우리를 따돌리고서 우리를 제외하고서 우리에 대해 거
론하는 모두들아. 우리는 죽었고 말없으며 그것을 다 알
고 떠들어대는 꼴 보며 영원히 침묵하기로 한다. 죽고 볼
일이다. 이제 우리 아무것도 옮겨 쓰지 않고 읽지 않는다.
우리가 남긴 것에 얼굴 파묻고 감탄하는 꼴 구경하면서 우
리는 오래도록 통쾌하다. 우리의 반짝거림 어디 한번 찾
아보라고. 그거 영영 알 수 없을 거라고.
　　　　　　—「이 이야기는 스노우볼을 깨뜨리면서부터
　　　　　　　　　　　　　　　시작되었다」 부분

　정오의 광장은 애도를 위해 마련된 자리이다. "꼭 축제
같"은 거기에 사람들은 긴 줄을 만들며 서 있다. 그런데 화
자에게 이들은 선량한 시민이 아니라, "우리를 따돌리고서
우리를 제외하고서 우리에 대해 거론하는 모두"이다. 그들
은 지금 우리에게 용서받고 싶고, 볼펜으로 꾹꾹 눌러쓴 한
문장을 전하고 싶어하는 것처럼 보이지만 이상하리만큼 그

들 중 "누구도 우리를 알아보지 못"한다. 정오의 광장은 매 순간 새로 죽는 박규현의 친구들을 위한 자리가 아니었던 것이다. 이 난처한 간극과 애도의 틈을 비집고 친구들은 죽음을 빼앗아오기로 한다. '새 우정'인 죽음을 광장으로 끝없이 불러들임으로써, 죽음의 바깥에서 죽음을 무지막지하게 초과함으로써, 죽음을 사수하기. 광장의 언어가 조용히 교란된다.

우리는 갈지자로 걸어가는 중이다 왼발이 오른발에 걸리고 오른발이 왼발에 걸려

넘어진다 일어날 줄 모른다 방향을 잃어버린 사람이 되어서

(⋯⋯)

폭설을 뚫고 성실히 걸어가듯이
성실히 이 이야기를 보았다
―「이 이야기는 스노우볼을 깨뜨리면서부터
시작되었다」부분

모두가 떠난 뒤, 친구들은 "해진 종이"의 "날 선 면"이 되어 휘청인다. 그들은 비틀거리고 넘어지면서도 어느덧 폭

설로 뒤덮인 광장을 떠나지 않는다. 이들은 완성될 수 없는 죽음이 남긴 흔적이다. 특정한 과거나 미래로 수렴되지 않는 시간, 그럼에도 자발적으로 망각되고 침묵 속에 호출되는 '죽음 바깥의 죽음'은 일상적인 장면 위에서 시작되고 또 반복된다. '애도되지 않음'의 윤리를 견디어 지켜내려는 몸짓은 곧 그들의 고집스러운 생존 방식인 것이다. 그리고 그것은 좁은 방에 갇혀 할당된 꿈만 꾸는 일에서 벗어나려는 몸짓이기도 하다.

> 뒤척이면서 방문 너머를 그려본다
> 틀림없이 다들 나를 찾는 중이다 수소문한다
> 걔 죽은 거나 다름없다고 키득거리는 소리 들려와
> 나도 따라 웃는다 아직 여기 있으니까
>
> 이불을 뒤집어쓰고도
> 쓰고야 만다는 거
> 고집스럽게 살아남아
>
> 나는 내 잠머리를 다 없애버려다
> 나는 내가 제일 귀해진다
>
> ―「자꾸만꿈만꾸자」 부분

화자가 꿈만 꾸게 된 이유는 침대 바깥으로 도저히 나갈 수 없기 때문이다. '나'는 "아직 여기 있"기에 작은 몸을 뒤척이며 방문 너머를 꿈처럼 그려보지만, 그때 들려오는 것은 '죽은 나'를 찾는 "수소문"의 기척이다. "개 죽은 거나 다름없다고 키득거리는 소리". 그것은 넘어져 방향을 잃어버린 '나'가 "아스팔트 위에서 펄떡"거리며 뒤집힐 때, "공기 알레르기가 있나봐 지나가던 사람들이 수군대는 소리"(「이 이야기는 스노우볼을 깨뜨리면서부터 시작되었다」)와 크게 다르지 않다.

이들 수군거림은 정확히 '우리'에게만 당도하는 어떤 죽음을 은밀하게 기다리면서 그것을 철저히 예비한다. 오로지 용서를 받기 위해. "이 순간을 고이 간직하고 싶다며" 사진을 찍어대기 위해. "악수를 건네고 손을 맞잡으며 어깨를 으쓱"거리면서 바로 "그 문장이 슬프다고" 서로에게 감상을 남기기 위해. 광장은 어쩌면 '수소문'의 출처를 감추고, 속죄의 스펙터클을 통해 타인이 아닌 제 생의 펄떡임을 다시 한번 확인받기 위하여 마련된 축제의 현장일지도 모른다. 그러나 박규현의 친구들이 이어가는 침묵의 행진은 이 고요한 축제를 당황시키고, 광장의 경계를 거칠게 흩뜨린다. 이제껏 제대로 떠오른 적 없어 잊을 수도 없는, 덩어리지고 지친 죽음들이 남아 있기 때문이다.

『새 우정을 찾으러 가볼게』에는 집단적이고 총체적인 불안과 개별화된 비명의 서사 사이에서 솟아오르는 떼죽음의 이미지가 있다. 그것은 특정 세대의 "여자 어른들"(「계류자들」)에게 예견된 위기이면서, 앞으로도 광장의 문장으로 쓰이지 못할 가능성이 큰 '조용한 학살'*이다. 미디어에 끊임없이 펼쳐지고 지워지는 지나치게 아름다운 얼굴의 파편들, 이름의 찌꺼기들, 찢겨진 비명들, 부풀고 구부러진 몸들. 이 **죽음 바깥의 죽음**은 박규현, 전수현, 백설이, 차도하**와 같은 구체적인 고유명사로 기입되고, 기입되는 즉시 쓰여진 그것과 다른 것이 되어 시를 끝까지 읽은 사람 모두에게로 무섭게 전염된다.

유명한 초원이다 좌우를 둘러보자

들먼지로 눈앞이 뿌예지고 나 혼자
친구를 줍느라 바쁘다 배낭을 떨어뜨려

* 〈'조용한 학살'이 다시 시작됐다〉는 젠더 미디어 '슬랩(slap)'이 제작한 유튜브 콘텐츠이다. 2020년 11월에 공개된 이 영상은 90년대생 여성들의 자살률 급증 현상을 조명하며, 이를 사회적 문제로 제기한다.
** 시 「계류자들」의 각주.

친구가 여기저기 쏟아졌으므로

나는 친구를 수습한다
친구는 나로 인해 정돈되어간다

이해라는 말 들어본 적 있니 그런 질문 들을 때마다 마음
이 멀리 가버린다
절룩이게 된다 거기서부터 대낮은 이어졌다 친구의 얼굴
들어올려 품에 안은 채

어느 강물에 휩쓸려왔던 친구를 떠올렸다 친구는 떠올랐
다 친구를 건져냈던 그날

생각했다 가장 환한 곳으로 가자 제일 트인 데로 안전한
장소로

(……)

양지바른 자리에 친구를 천천히 뉘일 수 있을 것이다 고
개 들어 모두의 얼굴을 찬찬히 살핀다

다들 돗자리 들고서
함께 누울 자리를 찾고 있다

죽음의 전염과 죽음에의 오염. '새 우정'은 이처럼 서로가
원치 않는 방식으로 이어진다. 서로를 원치 않는 마음은 "무
너지는 모양의 어깨를"(「새 우정」) 한 '나'와 친구의 지나치
게 버거운 관계 속에서 중요하게 작용한다. 이들은 각자의
"식구"이자 내 죽음을 지켜주는 "묘지기"이고, 서로를 "가
장 환한 곳으로" "제일 트인 데로 안전한 장소로" 데려다주
는 믿을 만한 안내자인 한편, 서로를 "수습"하고 "정돈"하는
일의 무게를 고스란히 짊어진 고단한 "이목구비"들이자 "졸
고 있는 얼굴 초점 없는 눈빛"이기도 하다. 큰 광장의 애도
에 대항하는 작은 광장의 묘비 세우기는 광장에서 혼란과 피
로를 제거하여 그것을 친구들의 몫으로 다시 떠미는 역할을
할 따름이다.

박규현이 친구에 관한 이야기, 친구를 둘러싼 담론 혹은
떠난 친구를 위한 애도에 앞서 친구 그 자체를 쓰는 이유가
여기서 비롯된다. 친구를 쓴다는 것은 그것을 기호화한다는
의미가 아니다. 그것은 접촉하는 것이다.* 친구를 쓰는 일

---

* "그러나 쓴다는 것은 기호화하는 것이 아니다. (……) 접촉이 딱
히 글쓰기 **안에서**—만약 글쓰기가 하나의 '내부'를 가진 것이라고
한다면 말이다—일어난다고 할 수는 없을 것이다. 그러나 글쓰기의
경계에서, 한계에서, 그 첨점과 끝에서는 **오직 접촉만이 발생한다.**
바꿔 말하면 경계가 글쓰기가 발생하는 자리다. 따라서 글쓰기에

은 '친구'라는 죽음 바깥의 죽음이 애도해야 할 대상이 되기 이전에 이미 '나'의 실존 안에 침입해 있다는 끔찍한 사실을 알고 견디는 방식이며, 그것과의 흔들리는 접촉을 기록함으로써 불안한 우정을 지속하기 위한 몸부림이다.

공동묘지로 눈 구경을 갔다 작고 흰 언덕들이 촘촘하게 빛났다 친구가 비석을 닦으면서 말했다 잘 견뎠어 나는 신발을 털었다 축축해

멀리 바다가 보였다 바다에 빠지지 말자 바다에 지지 말자 살자 두 손을 모은 채 고개를 숙였는데

이미 죽고 없는 사람이 나오는 드라마 보는 거 앨범 펼

도래하는 것은—만약 글쓰기에 무언가가 도래한다면 말이다—오직 **접촉**일 뿐이다." 장-뤽 낭시, 『코르푸스—몸, 가장 멀리서 오는 지금 여기』, 김예령 옮김, 문학과지성사, 2012, 14쪽. 낭시는 몸에 관한 사유 자체가 우리의 한계에 접촉하려는 움직임이라고 말한다. 몸에 관한 사유의 끝에서 '나'는 '나'의 실존 속에 이미 타자의 계기, '친구'가 침입해 있다는 불편한 진실을 발견하게 된다. 우리는 근원에서부터 공동의 존재인 것이다. '새 우정'이라는 이름으로 매번 다시 당도하는 '새 죽음'은 '나'의 탄생이기도 하다. '몸을 쓴다'는 것은 '친구를 쓴다'는 것. '친구를 쓴다'는 것은 개별적 존재인 '나'와 구별되는, 친구의 계기로 이미 부서져 있는 '몸-나'를 쓴다는 것이다.

치는 거 다 그만두고 싶었다

　카약을 탄 채 환하게 올라간 입꼬리나
　전구를 갈아 끼우다 찌푸린 미간
　다시 데려오고 싶어지니까

　사랑하는 일을 기다려
　사랑은 언제나 대유행

　웅크리고 앉은 친구가 더 웅크리기 전에 형편을 위해서
라도 우리는 우리를 제일 좋아하기로 했다 마른땅만 골라
밟기로 마음먹었다

　친구의 신발이 새것이라 친구가 눈에 더 잘 띄었다 이곳
은 원래 비가 자주 오는 지역이고

　그때부터 나는 아름다움을 믿어볼 수 있던 것도 같다 이
튿날 아침의 기지개를 기대했던 것도

—「되얼음」 전문

　"해진 종이"에 "날 선" 채로 남아 "우리의 반짝거림 어
디 한번 찾아보라고. 그거 영영 알 수 없을 거라고" 외치던
이들은 오늘도 "공동묘지로 눈 구경을" 간다. 그들의 비틀

대는 걸음은 장례 행렬을 묵묵히 이어가는 걸음인 동시에 "작고 흰 언덕들이 촘촘하게" 빛나는 풍경을 서로에게 나눠주는 걸음이다. 길은 여전히 좁고 축축하며 근처의 강물과 우물 위로 오늘도 무수히 많은 친구들의 식은 몸이 떠오른다. 하지만 "잘 견뎠어" 젖은 신발을 터는 '나'에게 친구는 말하고 '나'는 "이튿날 아침의 기지개를 기대"하며 걷기를 계속할 것이다.

박규현의 친구는 기억되기 위해 쓰이는 것이 아니라, 죽음을 죽음 바깥으로 미루고, 어루만지고, 궁극엔 다시 불러오기 위해 쓰인다. 이때의 친구 쓰기는 친구를 사라지거나 반대로 생생하게 살아남는 존재로 머물게 하지 않기 위해, 축제의 한 문장으로 박제하지 않기 위해, 다만 매일같이 그들과 함께 눈 구경을 가기 위해 행하는 가장 내밀하면서도 밀접한 접촉의 형식이다. 이제 우리는 박규현의 시가 죽은 친구의 관을 끌고 가는 손이자 묘지의 흙을 밟는 발이며 우리의 반짝거림 앞에 친구들을 불러다 놓는 끝나지 않는 문장이라고 말할 수 있다. 그의 시가 친구 그 자체를 쓸 때, 친구는 아직 없는, 그리고 언제나 도래중인 '그것'으로 바로 여기 있다.

타오르는 불씨
살아
남은 것

환해지는 이의 얼굴에서 일렁이는 그것

—「야영지」 부분

박규현 2022년 한국경제신문 신춘문예를 통해 작품활동을 시작했다. 시집 『모든 나는 사랑받는다』가 있다. 동인 '도모'와 함께하고 있다.

문학동네시인선 233
새 우정을 찾으러 가볼게
ⓒ 박규현 2025

1판 1쇄 2025년 6월 2일
1판 3쇄 2026년 1월 20일

지은이 | 박규현
책임편집 | 임고운 편집 | 정은진 방원경
디자인 | 수류산방(樹流山房) 본문 디자인 | 유현아
저작권 | 박지영 형소진 주은수 오서영 조경은
마케팅 | 정민호 서지화 한민아 이민경 왕지경 정유진 한경화 정경주 김혜원
        김예진 이서진
브랜딩 | 함유지 박민재 이송이 박다솔 조다현 김하연 이준희
제작 | 강신은 김동욱 이순호
제작처 | 영신사

펴낸곳 | (주)문학동네
펴낸이 | 김소영
출판등록 | 1993년 10월 22일 제2003-000045호
주소 | 10881 경기도 파주시 회동길 210
전자우편 | editor@munhak.com
대표전화 | 031) 955-8888 팩스 | 031) 955-8855
문학동네카페 | http://cafe.naver.com/mhdn
인스타그램 | @munhakdongne 트위터 | @munhakdongne
북클럽문학동네 | http://bookclubmunhak.com

ISBN 979-11-416-0207-9 03810

* 이 책은 서울특별시, 서울문화재단 '2024년 창작집 발간지원 사업'의 지원을 받아 발
  간되었습니다.
* 이 책의 판권은 지은이와 문학동네에 있습니다. 이 책 내용의 전부 또는 일부를 재사용
  하려면 반드시 양측의 서면 동의를 받아야 합니다.

잘못된 책은 구입하신 서점에서 교환해드립니다.
기타 교환 문의: 031) 955-2661, 3580

www.munhak.com

문학동네

148